# LES
# TOMBEAUX
## DE VÉRONE.

### *DRAME EN CINQ ACTES.*

Par M. MERCIER.

*A NEUCHATEL;*

De l'Imprimerie de la Société Typographique.

1 7 8 2.

On trouve chez la Société Typographique, du même auteur :

Zoé, drame en trois actes.

L'HABITANT DE LA GUADELOUPE, comédie en trois actes.

MONTESQUIEU, drame en trois actes, *sous presse*.

LA MORT DE LOUIS XI, pièce historique, *sous presse*.

Et successivement toutes les pièces de théatre de M MERCIER, imprimées comme celle-ci, & faisant partie de la collection de ses œuvres.

# AVERTISSEMENT.

CE sujet touchant a été traité plusieurs fois; mais il semble appartenir spécialement à l'auteur, parce qu'il porte, plus qu'aucun autre, le vrai caractere du drame; genre auquel il s'est livré de préférence. Il vouloit d'abord mettre sur la scene le Roméo & Juliette, de Shakespeare; mais bientôt il s'est apperçu qu'il falloit laisser à ce grand poëte ses dimensions & son originalité; que vouloir le corriger, c'étoit l'anéantir.

M. Ducis, de l'académie françoise, en a fait une tragédie, dans laquelle il a plutôt peint la vengeance de Montaigu que les amours de Roméo & de Juliette. D'ailleurs, sa piece imprime à ses personnages une physionomie étrangere. L'auteur de ce drame s'est attaché, au contraire, à tout ce que Roméo & Juliette lui offroient d'intéressant. Il a choisi des couleurs plus douces, & a donné à Benvoglio un caractere jusqu'ici inconnu sur la scene. D'après son plan, un nouveau dénouement devenoit nécessaire: il croit en avoir imaginé un du plus grand effet, & qui doit offrir au spectateur un tableau neuf, frappant & vraiment théatral.

# PERSONNAGES.

CAPULET, } chefs de deux maisons
MONTAIGU, } ennemies.

JULIETTE, fille de Capulet.

ROMÉO, fils de Montaigu.

BENVOGLIO, médecin naturaliste, attaché
  aux deux maisons.

Madame CAPULET, mere de Juliette.

LAURE, suivante de Juliette.

PLUSIEURS PARENS des deux maisons.

DOMESTIQUES.


La scene est à Vérone.

# LES TOMBEAUX

## DE

### VÉRONE,

*DRAME EN CINQ ACTES.*

## ACTE I.

## SCENE PREMIERE.

*Le théatre représente un sallon qui donne sur un jardin.*

### JULIETTE, *seule.*

LA douzieme heure s'est fait entendre....
C'est le signal. O nuit, épaissis tes ombres,

A

cache dans les ténebres deux amans malheureux & fideles !... Je vais jouir de sa
préfence ! Inflans rapides ! il va paroître pour
me quitter enfuite ! Ainfi l'amertume fe mêle
à nos plus doux plaifirs... Amour, que tes
bleffures font profondes, que de fouffrances pour des momens qui fuient !... Mon
cœur s'effraie de tout ce qui l'environne...
Les auteurs de mes jours, paifiblement en-
dormis , ne foupçonnent point que la fille
d'un Capulet , amante , époufe d'un Montaigu... Sommeil! dérobe-leur les chagrins qui
me confument... Cette porte frémit... eft-
ce lui ? Non ; ce bruit ne vient pas du côté
du jardin... Ciel ! fi nous étions trahis ! ...
Ah , je refpire ! c'eft Laure.

## SCENE II.

### JULIETTE, LAURE.

#### JULIETTE.

Silence, Laure : que tes pas foient muets,

#### LAURE.

Quoi ! feule, errante au milieu des ténebres ?

#### JULIETTE.

La lune éclaire un peu... Que les nuages
les plus épais n'obfcurciffent-ils fon front !

#### LAURE.

Vous gémiffez...

#### JULIETTE.

Cette folitude profonde me plaît ; j'y
cherche le repos. Allez : je ne veux point de
témoin de mes foupirs.

#### LAURE.

Mon devoir m'attache auprès de vous..
L'ordre abfolu d'une mere me prefcrit..

A ij

### JULIETTE.

Laisse-moi, Laure ; tes soins m'importunent.

### LAURE.

Pour la premiere fois, votre ame ne respire plus la douceur... Vous n'êtes plus calme ni heureuse... Voulez-vous irriter la farouche humeur de votre pere ?

### JULIETTE.

Mon pere ! Il est terrible... Son orgueil a enfanté bien des maux ! Mais ma mere est tendre, douce, compatissante ; c'est son image qui attendrit & déchire mon cœur.

### LAURE.

Et d'où vient cette douleur qui vous presse ?

### JULIETTE.

Ne sais-tu pas que Théobald est mort ? & de quel coup encore !

### LAURE.

Oui ; mais vous l'avez assez pleuré... Vous étiez donc destinée à l'aimer davantage après sa mort que vous ne l'aimâtes pendant sa vie ?

#### JULIETTE.

Il eſt des momens qui révelent les plaies
ſecretes du cœur... Le cri douloureux,
long - tems renfermé, malgré nous perce &
s'échappe.

#### LAURE.

Enfin, ce n'eſt point un époux que vous
avez perdu.

#### JULIETTE.

Ah, ſi c'étoit un époux !... Laure, ma
douleur ne s'exhaleroit pas en ſtériles plaintes;
je ne pleurerois pas, je mourrois.

#### LAURE.

Ne vous refuſez pas aux douceurs du ſommeil; il endormira vos douleurs.

#### JULIETTE.

Laiſſe-moi. Si quelque ſonge fatal....Si
l'ombre ſanglante de Théobald...

#### LAURE.

Je ſerai là pour diſſiper ces fantômes.
Théobald n'étoit pour vous qu'un parent;
mais ce qui doit vous conſoler, c'eſt qu'on
pourſuit hautement la vengeance de ſa mort.

#### JULIETTE.

La vengeance!

#### LAURE.

Elle ne tardera pas ; on saisira bientôt
Roméo son assassin.

#### JULIETTE.

Assassin ! lui ! arrête !

#### LAURE.

Vous oseriez lui donner un autre nom,
vous ?

#### JULIETTE.

Je sais que la haine implacable des Montaigu & des Capulet est héréditaire ; qu'elle
a séparé de tout tems nos maisons ; que
chaque jour l'inimitié devient plus ardente.
Mais Roméo, victime de ces débats antiques, a toujours chéri & demandé la paix.
Même dans ce dernier combat...

#### LAURE.

Quoi ! c'est vous qui justifiez Roméo ?

#### JULIETTE.

Ah, Laure ! ce fardeau qui m'accable, mon
secret va voler dans ton sein.

#### LAURE.

Je l'attends de l'amitié.

**JULIETTE.**

Tremble de le recevoir.

**LAURE.**

Vous soupçonneriez ma foi?

**JULIETTE.**

Non; mais tu es attachée à mes parens...
Quand tu sauras ce fatal secret, ton repos
sera troublé, ou tu seras parjure.

**LAURE.**

Je suis attachée à vos parens, il est vrai;
mais notre sexe, notre âge, nos cœurs éta-
blissent entre nous de plus grands rapports.
Non, je ne vous trahirai point.

**JULIETTE.**

Malheur à toi si tu me trahis! Tu mériteras
d'éprouver tous les tourmens de l'amour, &
de ne trouver alors personne qui te plaigne.

**LAURE.**

Je vous jure...

**JULIETTE.**

Eh bien, apprends que ce Roméo que je
parois haïr est à mes yeux le plus aimable...
Tu pâlis! Ah, Dieu, qu'ai-je dit!

**LAURE.**

Quoi, Roméo n'eſt plus un aſſaſſin ?

**JULIETTE.**

Lui meurtrier! C'eſt le nom que la haine lui donne. Roméo ne tira point l'épée dans cette rixe fatale ; ſa bouche invoquoit la paix, tandis que ſon farouche adverſaire n'écoutant que ſa colere, s'élança contre lui. Roméo m'aimoit... Penſes - tu qu'il eût été l'agreſ-feur ? Penſes - tu qu'il eût expoſé des jours qui m'étoient conſacrés ? Sa vie étoit à moi ; non, il ne fut point jaloux de faire couler le ſang, il appartenoit à l'amour... Content de déſarmer ſon ennemi, deux fois il lui rendit ſon épée. Théobald devenu plus féroce par ce trait généreux, ſe précipite & reçoit le prix de ſon aveugle fureur. Et l'on a oſé dreſſer des échafauds, & l'on parle de faire tomber ſa tête ſous le glaive des bourreaux ! S'il a vaincu, ne pouvoit-il pas, hélas ! ſuc-comber ſous les coups de ſon adverſaire ?

**LAURE.**

Et pourquoi donc pleurer ſans ceſſe ſur le ſort de Théobald ?

### JULIETTE.

Sa mort a servi de prétexte à mes larmes ;
je n'osois en répandre sur l'exil de Roméo :
tant de témoins m'observent ! Sans ce voile
officieux, le désespoir m'eût étouffée... Ah !
Laure, j'ai sujet de pleurer... Tu vois cet
anneau...

### LAURE.

Quel nouveau soupçon me saisit !

### JULIETTE.

As-tu vu quelquefois la foudre au milieu
d'un ciel clair & serein, tombant en un clin
d'œil, écraser l'oiseau de Vénus auprès de sa
bien-aimée ?.. Tel est mon fort.

### LAURE.

Hélas, que dites-vous !

### JULIETTE.

Ainsi le malheur nous a séparés lorsqu'à
peine nous étions unis.

### LAURE.

Chaque mot qui sort de votre bouche m'ins-
pire de l'effroi. Lui votre époux ?

### J U L I E T T E.

Mets la main fur mon cœur; fens comme
il palpite en ce moment d'impatience &
d'amour.

### L A U R E.

Vous attendre Roméo! Et comment l'a-
vez-vous connu? Je ne reviens pas de ma
furprife.

### J U L I E T T E.

Te fouvient - il de cette fête que donna
mon pere pour célébrer le jour de ma naif-
fance? Roméo fous le mafque fe mêla parmi
la foule des danfeurs. Le voir & l'aimer fut
l'ouvrage d'un inftant; tous les yeux étoient
attachés fur lui, & les miens ne perdirent pas
un feul de fes pas. Non, jamais mortel ne fut al-
lier comme lui la grandeur & la nobleffe, la
grace & la dignité. Je lui parlai; j'ai fouvent
entendu des fons harmonieux; eh bien, fa voix
furprit plus agréablement encore mon oreille.
Plus d'un homme a touché ma main, mais
d'une main inexpreffive & glacée. La fienne...
ah, quelle impreffion! Nos cœurs dans un

moment se sentirent, se touchèrent, s'unirent.
Tous les spectateurs ravis se rassemblèrent
autour de nous; & recueillis dans un profond
silence, ils sembloient se dire : ils sont créés
l'un pour l'autre. Jamais mon ame émue du
plaisir de plaire ne commanda plus expressi-
vement à la légéreté de mes pas ; je sentois
que je leur imprimois à ma volonté la pré-
cision & la grace. Je ne sais ce que je devins
pendant ces heures célestes, & je n'avois
pas encore contemplé le front de mon vain-
queur. Il parut : Juliette fut à lui, & ne
croyoit plus habiter la terre, mais être trans-
portée dans ces régions éthérées, où le plaisir
vif & pur devenoit l'état perpétuel des ames
& anéantissoit tout ce qui n'étoit pas amour
& volupté.

## L A U R E.

Mais comment le nom seul de Roméo n'é-
teignit-il pas cette flamme inconsidérée ?
La haine ardente qui divise vos deux familles
est si connue, que j'aurois pensé qu'il eût suffi
d'être un Montaigu pour...

### JULIETTE.

La haine, la haine! Eh, ce mot que signi-
fioit - il pour moi? Qu'eſt - ce que la haine,
Laure?

### LAURE.

Et vous oſâtes former le projet?...

### JULIETTE.

D'éteindre à jamais le flambeau de la diſ-
corde qui brûloit entre nos maiſons. Les
guerres les plus cruelles, les plus ſanglantes,
ne finiſſent-elles pas? nou- diſions-nous quelquefois; & pourquoi l'inimitié particuliere
qui fait le malheur de deux familles n'auroit-
elle pas ſon terme?.. Nous l'eſpérions: la
mort fatale de Théobald a détruit notre eſpoir.

### LAURE.

Où le revîtes-vous? comment trompâtes-
vous tant de ſurveillans?

### JULIETTE.

Que tu connois peu l'amour, Laure! L'a-
mour, comme la penſée, inviſible dans ſon
eſſor, n'eſt point borné par les limites maté-
rielles. L'amour vole & les barrieres tombent. Roméo m'apparoiſſoit en tous lieux,

il fe trouvoit fur mes pas, il fe multiplioit,
je n'avois qu'à le chercher dans la foule pour
l'appercevoir. Etois-je fur un balcon? il paf-
foit fous mes regards; affiftois-je à une fête?
il étoit le premier objet qui frappoit ma vue;
au temple je diftinguois fa voix parmi les
voix profanes dont retentiffoit la voûte. Que
te dirai-je! une nuit j'étois à cette même
fenêtre, j'y venois refpirer la fraîcheur de
l'air & rêver aux fentimens délicieux qui
rempliffoient toute mon ame; la lune ver-
foit fes paifibles rayons. Un bruit léger me
tira de ma douce rêverie; je l'apperçus
comme un fantôme célefte, appuyé contre
cet oranger, dont il agitoit la cime odorante.
Je n'eus point de frayeur; il me furprit fans
m'étonner; ce que nous nous dîmes dans ce
calme intéreffant de la nature, ce que nous
nous jurâmes fous la voûte azurée & filen-
cieufe du firmament, n'eft point fait pour
être répété par la langue écrite ou parlée.
Eh, favons-nous nous-mêmes quel langage
nous employâmes! Un enfant plongé dans

les embraffemens de fa mere, n'eft pas
mieux preffé, mieux environné de tendreffe
que nous l'étions par la confiance intime,
par le bonheur, par la volupté pure... Nos
larmes... Elles étoient de fentiment... Cette
nuit heureufe reffembloit à celle-ci; mais
quelle funefte différence, Laure ! il va venir
pour me dire un trifte, peut-être un éternel
adieu.

### L A U R E.

Pourquoi éternel ? . . . Mais avec quel
art vous avez trompé votre fidelle com-
pagne !

### J U L I E T T E.

Pardonne, tout l'exigeoit.

### L A U R E.

Et qui dans l'univers a ofé, a pu ?...

### J U L I E T T E.

Tu vas être furprife, le généreux Benvoglio a protégé nos amours.

### L A U R E.

Quoi ! l'ami des Capulets ?

## JULIETTE.

Dis l'ami des hommes. Eſt-il ſous le ciel une ame plus noble, plus éclairée, plus compatiſſante? L'élévation de ſon génie, ſa profonde connoiſſance du cœur humain, l'amitié qu'il eut toujours pour Roméo & pour moi, tout l'a rendu notre ſoutien, notre protecteur. Il faut des lumieres pour oſer être bon contre l'opinion qui gouverne les hommes. Sans la ſcience, il n'eſt point de courage, il n'eſt point de véritables amis de l'humanité. Benvoglio, ſcrutateur aſſidu de la nature, à qui il a dérobé pluſieurs ſecrets, après avoir lu dans nos cœurs, eſt devenu notre véritable pere. Nos deux familles diviſées s'accordent dans l'eſtime qu'elles ne peuvent lui refuſer; il avoit tout tenté pour les réconcilier, déjà il ſe flattoit du ſuccès; ſa funeſte épée qui priva Theolbald de la vie, a détruit juſqu'à l'apparence d'un traité... Roméo exilé de Vérone....

## LAURE.

Mais la haine active des Capulets ne découvrira-t-elle pas l'afyle où il le cache ?

JULIETTE.

Je le crains. Mais Benvoglio, ce héros
de l'amitié, poffede encore l'œil vigilant de
la prudence ; il tient ici mon époux caché
dans l'ombre d'un cloître. Ce fut lui qui
nous redonna la vie en hâtant notre hyménée ; il vit d'un côté la haine de nos parens, de l'autre l'amour de nos cœurs, non
moins profond, non moins durable. Forcé
d'opter entre notre trépas ou notre fuprême
félicité, il nous conduifit au pied des autels ;
il y fut témoin de nos fermens.

LAURE.

Vous me faites frémir. Que de défaftres
vont renaître !

JULIETTE.

Que la mort vienne, nos cœurs ne feront point disjoints.... C'eft par cette porte
fecrete qu'il doit s'introduire. ... N'en-
tends-tu pas le feuillage s'agiter ?

LAURE.

Non. . . . Vous avez tremblé !

JULIETTE;

## JULIETTE.

Je ne tremble plus, Laure : fi j'étois furprife ou trahie, ( *Elle tire un poignard.* ) mon
choix eft fait. Pour me livrer toute entiere
à l'amour, je me fuis dévouée à la mort :
maîtreffe abfolue de mon cœur & de mes
deftinées. . . .

## LAURE.

Jetez cet inftrument odieux : vous per-
ceriez plutôt mon fein. Me jugeriez - vous
indigne de votre confiance ?

## JULIETTE.

Chere Laure, écoute. . . . Les branches
du grenadier qui eft fous mes fenêtres m'ont
paru vacillantes. . . C'eft lui, laiffe - moi. . .
Ces momens-ci me font précieux, ce font les
derniers peut - être. Sortez, Laure, & veillez.

## LAURE.

Je veillerai. ( *A part.* ) Funefte découverte, redoutable avenir ! que de malheurs
j'entrevois !

B

## SCENE III.

### JULIETTE, ROMÉO.

#### JULIETTE.

Est-ce vous, Roméo ?

#### ROMÉO.

Oui , Juliette.

#### JULIETTE, *embraſſant Roméo.*

O Roméo !

#### ROMÉO.

O ma Juliette ! (*Silence.*)

#### JULIETTE.

Et c'eſt après ces douces étreintes que vous conſentirez à m'abandonner !

#### ROMÉO.

C'eſt l'inſtant du courage, Juliette. . . Le bruit s'eſt répandu que j'étois à Vérone. On a donné les ordres les plus précis pour m'arrêter. Si l'on y parvient , ce jour eſt le dernier de ma vie. Je ſors de mon aſyle pour t'embraſſer encore une fois ; j'affronte la mort, pour te faire mes adieux à la douce clarté des étoiles.

### JULIETTE.

Et quand le soleil reparoîtra sur l'horizon, je ne respirerai donc plus l'air que tu respires ? Je ne pourrai donc plus dire ; il est dans cette enceinte que mon œil peut embraffer ? Ces murs fortunés recelent ma vie, mon tréfor. . . . Horrible penfée !

### ROMÉO.

Les haches des bourreaux font prêtes ; les poignards aiguifés par la vengeance m'environnent ; les tribunaux féduits par mes implacables ennemis, ont appellé meurtre la plus légitime défenfe. . . . Je fuis contraint de fuir.

### JULIETTE, *avec fermeté.*

J'accompagne tes pas.

### ROMÉO.

Projet impoffible, ma Juliette.

### JULIETTE.

Impoffible, Roméo ! Et vous m'aimez ? Qu'y a-t-il d'impoffible à l'amour ?

### ROMÉO.

Ta foiblesse, ton sexe, ton rang...

### JULIETTE.

Je prendrai des habits d'homme, j'en aurai le courage; je couperai ces longs cheveux, & à la faveur de ce déguisement je te suivrai par-tout.

### ROMÉO.

Mais les forêts, les déserts, les dangers, nos ennemis, les fatigues multipliées d'une suite obscure, précipitée...

### JULIETTE.

Je brave tout, j'oublie tout. Vous m'aimez: plus de dangers, plus de fatigues. Que dis-je! j'adoucirai les tiennes; les sentiers les plus rudes, traversés ensemble, deviendront sous nos pas une plaine facile; rien ne me rebutera. Songe que je meurs dans les angoisses de la crainte si je reste ici, & que près de toi je ne sentirai ni désastre ni revers.

### ROMÉO.

O ma Juliette, comme ton cœur s'égare! Ce transport ne m'en est pas moins cher,

moins précieux. Mais , ma bien aimée , vois
ce que tu hafardes ; la ville entiere a les yeux
ouverts fur toi ; ta beauté eft trop rare pour
qu'elle difparoiffe un moment fans éveiller
de toutes parts les cent voix de la renommée. Qui ne te connoît pas ? qui ne devi-
nera pas de loin ta célefte figure ? Tout feroit bientôt découvert ; & la rage de mes ennemis, plus active , ne nous envelopperoit
de toutes parts que pour demander à grands
cris ma mort , & tu leur aurois donné le
fignal de mon trépas.

### JULIETTE

O Dieu ! que dis-tu ?

### ROMÉO

Tout Vérone voleroit fur nos traces :
quelle route choifir, & moi quel nom por-
terois-je ? On m'a peint comme un affaffin ,
je pafferois pour un vil raviffeur. Nos nœuds ,
quoique facrés , nous juftifieroient - ils aux
yeux de la prévention & de la haine ? Tous
les cœurs font-ils femblables à celui du généreux Benvoglio ? Il y a peu d'hommes

B iij

parmi la foule vulgaire, capables d'apprécier
les paffions fortes & courageufes. La multi-
tu'e infenfée condamne ce qui eft au-deffus
d'elle, & flétrit dans fes baffes habitudes, des
vertus qu'elle eft incapable de fentir.

### JULIETTE.

Arrêtez, Roméo... Hélas, je fuis donc
forcée de refter ! Je croyois comme époufe...
Je fens que je ne puis vous fuivre... Mais
apprenez-moi à fupporter votre abfence.

### ROMÉO.

Mon exil ne fera pas long; la vérité fe fera
jour; & comme je fuis fans remords, je fuis
fans crainte. Si d'un côté la haine parle,
de l'autre l'équité impartiale fera entendre
fa voix. Pourquoi n'efpérerions - nous pas,
après cet orage, des jours fereins où nous
pourrons nous aimer librement & avouer le
faint nœud qui nous lie ?

### JULIETTE.

Quel bonheur m'offrez-vous, Roméo !..
Ah ! fi nos parens avoient fenti une partie
de ce que nos cœurs éprouvent, ils détefte-

roient leur aveuglement, ils abjureroient leurs triſtes haines, Mais qu'ils ſont loin de nous, Roméo, qu'ils ſont loin de nous !

### ROMÉO.

J'aime trop, ô Juliette, pour croire que les malheureux mortels veuillent toujours haïr : ils apprendront enfin à aimer. Je vous laiſſe avec Benvoglio, ame ſublime & grande, dont l'amitié rare & courageuſe ſe partage entre nous deux. Qu'elle ſe réuniſſe toute entiere ſur mon épouſe... Et parmi vos femmes n'eſt-il pas une amie à qui vous puiſſiez ouvrir votre cœur?.. Ma Juliette manqueroit-elle d'être aimée?

### JULIETTE.

Laure ſera cette amie.

### ROMÉO.

Chaque jour, juſqu'à la fin de mon cruel exil, mon fidele domeſtique vous ſera parvenir une lettre. Je ne veux point faire un pas que ma Juliette n'en ſoit informée. Ce fut un amant malheureux, ô ma Juliette! qui inventa l'art d'écrire. ... Je lui reſſemble,

B iv

Nous nous rapprocherons du moins par la pensée... Que de fois dans mes adversités votre nom sera dans ma bouche, ô ma chere Juliette !

### JULIETTE.

Arrête, Roméo ! ne répete pas si souvent mon nom.

### ROMÉO.

Pourquoi, ma bien-aimée ?

### JULIETTE.

Je ne puis soutenir l'émotion que tu me causes en le prononçant.

### ROMÉO.

O ma Juliette ! la mort seule nous sépa- rera.

### JULIETTE.

La mort !... Quel mot avez - vous pro- noncé !.. Oui, ce sera peut-être la mort qui nous réunira... Ah, qu'elle me frappe avant vous !... Mais pourquoi ces lugubres idées.

### ROMÉO.

On ne sauroit s'aimer, ma Juliette, sans envisager le terme inévitable où tout finit. La crainte de perdre le bonheur rapproche l'image du cercueil , & cette idée rend les larmes que verfent les amans plus attendriffantes & plus délicieufes. Mais non ; ce charme profond qui pénetre nos ames ne fauroit s'éteindre ; il eft immortel comme elles ; cette flamme pure échappe au trépas. Mais l'inftant de notre féparation s'approche : n'entendez - vous pas la meffagere du matin, l'alouette, qui s'éleve en chantant à travers les ombres qui fuient devant le crépufcule du jour ?

### JULIETTE.

Non, non, c'eft le roffignol qui fe plait à percer les ténebres de fes accents.

### ROMÉO.

Tous les flambeaux de la nuit font éteints : vois la lune qui pâlit à l'approche de l'aurore.

### JULIETTE.

Non, c'eft un nuage qui la voile. ∴ Le jour eft encore loin de paroître.

### ROMÉO.

Une lueur blanchâtre s'étend fur le fommet de cette colline. Ces traits de lumiere qui percent les nuages vers l'orient ?

### JULIETTE.

C'eſt quelque météore. Ah, mon cher Roméo, un inſtant ! C'eſt le dernier peut-être.

### ROMÉO.

Veux-tu le ſacrifice de ma vie ? Je reſte, & je meurs.

### JULIETTE.

Que dis-tu, Roméo ! Il eſt grand jour : ſuis, ſuis, ſois cruel, arrache-toi... Ces rayons de lumiere, jaloux de notre bonheur... Fuis... On vient. Je friſſonne.

---

## SCENE IV.

## ROMÉO, JULIETTE, LAURE.

### LAURE.

MA chere Juliette, votre mere vient de s'arracher bruſquement au ſommeil. Tenez-vous ſur vos gardes.

### JULIETTE.

Que je suis malheureuse !... O Roméo,
Roméo, quittez-moi ! ( *Avec un cri étouffé.* )
Regardez-moi, encore... Oh, comme vous
êtes pâle !.. Soutiens - moi, Laure.

### ROMÉO.

Adieu. Sens battre ce cœur sous ta main.

### JULIETTE.

Adieu, Roméo... Je sens mon ame qui fuit.

### ROMÉO.

Je m'arrache, il le faut... Laure, prenez
soin d'elle... Je n'ose plus la regarder...
Fuyons.

# SCENE V.

## JULIETTE, LAURE.

### LAURE.

MA chere maîtresse, remettez - vous...
Infortunée ! elle va se trahir elle - même...
Essayons de la conduire dans son appartement.

JULIETTE, *revenant à elle.*

Roméo, où êtes-vous ?... Roméo !..

LAURE.

Il ne pouvoit rester plus long - tems sans
exposer sa vie.

JULIETTE.

Si je pouvois le voir encore du sommet de
la tour...

LAURE.

Il a dû fuir ; voyez l'aurore... Dissimulez ;
j'entends votre mere.

JULIETTE.

Dieux, dérobez ses traces aux yeux de ses
implacables ennemis !

LAURE.

Remettez - vous du désordre où vous êtes.

JULIETTE.

Qu'a-t-il dit en partant ?

LAURE.

Vous le saurez... Il est tems de prendre
du repos.

JULIETTE.

Du repos ! Il n'en est plus pour moi.

### LAURE.

Il faut en ce moment éviter votre mere; elle liroit dans vos regards...

### JULIETTE.

Oui, oui, je veux être feule, pour m'occuper entiérement de lui. Comme tout va me déplaire dans ce fuperbe & trifte palais!... Au milieu de fa pompe quelle affreufe folitude!

### LAURE.

Venez dans votre appartement; ne vous refufez pas au fommeil.

### JULIETTE.

Ah! je le fens, Laure; plus de fommeil qui ne foit troublé, plus de joie qui ne foit empoifonnée... La terreur... Ah! fi je pouvois pleurer, je fouffrirois moins... Malheureufé, que ne puis-je pleurer! Mais mon cœur eft ferré... Ah, Laure! ne m'abandonne pas; j'ai befoin de ton fecours. Soutiens-moi; je marche à peine...

*( Elle fort appuyée fur Laure. )*

# ACTE II.

## SCÈNE PREMIERE.

### Madame CAPULET, LAURE.

#### Madame CAPULET.

ELLE a, dites - vous, paſſé toute la nuit à pleurer?

#### LAURE.

Oui, madame.

#### Madame CAPULET.

Vous auriez dû m'en avertir.

#### LAURE.

Elle m'avoit recommandé de reſpecter votre ſommeil; vous ſavez qu'on ne réſiſte pas à ſes prieres.

#### Madame CAPULET.

Je ne comprends rien à cela. Cette amitié

eſt plus vive que ne l'eſt ordinairement celle qui ſe forme entre dés parens.

### LAURE.

Je penſe de même : mais elle prononce inceſſamment le nom de Théobald. Elle croit le voir, couvert d'un pâle linceul, errer au-tour d'elle.

### Madame CAPULET.

Je vous ai déjà dit qu'il n'étoit pas fait pour inſpirer un amour auſſi violent... Fougueux, imprudent, téméraire, je puis dire entre nous qu'il s'eſt attiré ſon funeſte ſort.

### LAURE.

J'oſe encore moins parler ſelon ma penſée ; mais on convient en général que Roniéo uniſſoit la nòbleſſe & la grandeur d'ame au courage. Tous ſes ſoins, dit-on, tendoient à une réconciliation ſincere.

### Madame CAPULET.

Oui, Laure ; mais ce ſeroit un crime de tenir ici ce langage ; ce ſeroit ſur-tout dé-plaire mortellement à Juliette, car elle a, comme fon pere , une averfion infurmontable pour tous les Montaigus.

LAURE, *diffimulant.*

Il eſt vrai…

Madame CAPULET.

Ma fille fe confume viſiblement : ſes couleurs s'effacent, elle dont le teint naguere auroit défié la rofe. Sa mélancolie augmente chaque jour ; elle m'aime , je le fais , mais elle femble fuir ma préſence. Je l'obſerve quelquefois, recueillie dans un filence douloureux, étouffant des foupirs qu'elle voudroit me dérober… Peut-être le mariage que fon pere projette mettra-t-il fin à cette langueur.

LAURE.

Ses idées, ſi j'ofe le dire, s'arrêtent plus volontiers fur la tombe que fur l'autel de l'hyménée.

Madame CAPULET.

Quelle eſt donc cette peine fecrete qui lui donne ces triſtes idées ?… Mais fon pere, peu difpofé à écouter les plaintes, à céder

aux

aux gémissemens de notre sexe, voudra être obéi ; il est absolu... Ah ! pourquoi ne m'ouvre-t-elle pas son cœur ?

### LAURE.

C'est ce que je lui recommande souvent, mais elle se plait à demeurer absorbée en elle-même.

### Madame CAPULET.

Penses-tu que le comte Lodrano, à qui elle est promise, & qui est jeune & aimable, puisse l'enlever à ce triste état ?

### LAURE.

Je ne le crois pas : elle paroît même avoir quelque éloignement pour lui.

### Madame CAPULET.

Mais point de répugnance ?

### LAURE.

Pardonnez - moi.

### Madame CAPULET.

Vous avez donc le privilege de lire mieux que moi dans le fond de son ame ?

### LAURE.

Non ; mais j'ai seulement remarqué en

C

elle plus de joie que de triſteſſe lors de la derniere abſence du comte.

Madame C A P U L E T.

Laure, vous détruiſez ma plus chere eſpé-rance. Cet aveu inattendu manquoit à ma douleur. Et la cauſe de cette affliction, que rien ne peut guérir, ſeroit?..

L A U R E.

La mort de Théobald.

Madame C A P U L E T.

Peut - on donner de ſi vifs regrets à une ombre, tandis que Théobald vivant ne ſem-bloit point altérer ſes regards?

L A U R E.

L'amour que l'on ſent & que l'on diſſi-mule eſt plus violent que celui qui nous agite en liberté.

Madame C A P U L E T.

Mais l'amour le plus vif, après les premieres plaintes, s'enſevelit ordinairement dans le tombeau avec l'objet aimé. Ainſi l'a voulu la nature qui, bornant nos douleurs comme nos plaiſirs, ſeche nos larmes quand il n'y a plus de remede ni d'eſpérance.... Quel autre époux pourroit deſirer ma fille ? Le comte a pour lui le rang, les richeſſes, le crédit, les qualités même extérieures.

### LAURE.

· Ces brillantes qualités ne ſont pas toujours victorieuſes, & l'amour a des yeux qui lui ſont particuliers.

### Madame CAPULET.

Vous êtes trop cruelle, Laure. Je n'ai plus d'eſpoir qu'en ſon médecin ; j'ai remarqué que ſa préſence adouciſſoit l'humeur ſombre où elle eſt plongée : elle devient plus calme, & le ſourire encore à demi voilé par la triſteſſe, renaît ſur ſes levres. J'appellerai auprès d'elle le ſage Benvoglio, dont l'eſprit réunit toutes les ſciences ſublimes, & dont l'éloquence perſuaſive parle aux cœurs ; lui ſeul pourra m'aider à diſpoſer ma fille à l'obéiſſance. Allez ; & ſi elle repoſe, n'interrompez pas ſon ſommeil : mais à l'inſtant qu'elle ſe réveillera, dites-lui que ſa mere l'attend. ( *Laure ſort.* )

## SCENE II.

Madame **C A P U L E T**, *seule.*

Un triste preſſentiment, que je ne puis étouffer, me trouble ſans ceſſe. Ma fille n'eſt plus la même; elle eſt changée au point que mes yeux n'oſent plus s'arrêter ſur ſa perſonne. Son pere a l'ame trop auſtere pour chercher à connoître & à diſſiper ſon chagrin; il ne croit pas aux douleurs profondes dont notre ſexe eſt ſuſceptible, il traite de chimeres les peines cauſées par la ſenſibilité. Chere enfant ! j'ai à ſupporter tes ennuis & les miens ; & l'on me croit heureuſe ! & dans un rang moins élevé & plus tranquille on envie les dehors vains & brillans qui environnent & cachent ma triſte vie ! Ah, que l'œil d'autrui eſt trompé par les apparences !.. Mais voici mon ſévere époux.

## SCENE III.

M. CAPULET, Madame CAPULET.

### M. CAPULET.

VOTRE fille, madame, viendra-t-elle ?
Madame CAPULET.

Elle n'eſt pas bien, ſa ſanté eſt plus altérée
que l'on ne penſe. Cette nuit encore elle l'a
paſſée à ſoupirer, à gémir, à s'entretenir de
tombeaux. Elle a vu l'ombre de ſon couſin.

### CAPULET.

Je ſuis las, madame, de ces éternelles com-
plaintes. Vous auriez dû élever votre fille
de maniere à me les épargner... Le comte
Lodrano m'a fait annoncer ſon retour, &
me preſſe de conclure : ſon amour impatient
lui fait deſirer que ce ſoit dès aujourd'hui.
J'ai répondu & j'ai promis.

Madame CAPULET.
Mais...

### CAPULET.

Qu'avez-vous encore à m'objecter, madame?

### Madame CAPULET.

Vous favez que vos volontés font & feront toujours des loix... Néanmoins j'aurois penfé que la bienféance demandoit qu'on attendît que le deuil de Théobald...

### CAPULET.

Il finit demain, madame; & pour jouir d'une plus grande tranquillité, la cérémonie du mariage fe fera à la campagne en préfence de nos parens les plus proches; nous réferverons les fêtes pour la ville. Le comte defire vivement cet hymen; & puifqu'il faut m'expliquer, je le fouhaite autant que lui.

### Madame CAPULET.

Votre fille eft dans un abattement...

### CAPULET.

Il eft tems qu'elle en forte. Quel eft l'objet de fes lamentations? Qui pleure-t-elle? Théobald?... Je l'ai regretté, & fes regrets ne doivent pas être plus étendus que les miens. Je cherche de tout mon pouvoir à venger sa mort ; & si Roméo n'a pas encore payé ce meurtre de sa tête, c'est qu'il s'est dérobé promptement à mes poursuites : mais elles ne seront pas long-tems vaines ; de tous côtés on l'épie ; & si mon attente n'est pas trompée, nous ne tarderons pas, madame, à voir les échafauds teints de son sang.

### Madame C A P U L E T.

Quoi, toujours du sang ! Ma fille a raison d'être troublée. Un parent qu'elle avoit vu la veille, tué à la fleur de son âge, l'image du meurtrier sanglant, de la vengeance qui le poursuit, tout doit faire une impression vive & profonde sur l'esprit d'une jeune personne ; à cet âge sur-tout où l'on est tout sensibilité pour les autres & pour soi... Elle est si timide, si craintive...

### C A P U L E T.

Timidité ou affectation, il est tems que cela finisse. Prenez garde, madame, d'être abusée : remontez à la source de ses soupirs ; étudiez-la mieux que vous ne faites. Il est un

âge où une fille eſt toute à la vérité : mais
il en vient bientôt un autre, & le paſſage eſt
rapide ; ou elle diſſimule, ou elle y eſt forcée,
peut-être parce qu'elle doit paroître le contraire de ce qu'elle eſt en effet.

### Madame CAPULET.

Juliette eſt au-deſſus de toute affectation,
vous le ſavez. Nous avons plus d'une fois
admiré ſa candeur naïve & l'innocence de
ſon ame. Une imagination vive & prompte
à s'émouvoir peut lui cauſer des peines &
des plaiſirs fantaſtiques ; mais l'amour, je vous
l'aſſure, n'entre point dans les chagrins de ma
fille.

### CAPULET.

Que cela ſoit ou non, ſon ſort eſt décidé,
& pour ſon bonheur même. Le changement
d'état la fera ſortir de cette mélancolie dont
la cauſe eſt inconnue. Je vais la voir & lui
intimer mes ordres.

### Madame CAPULET.

Ah ! de grace, laiſſez à la voix d'une mere
le ſoin de la préparer à ce que vous exigez...

Vous ne la trouverez pas moins obéiffante.

CAPULET.

Obéiffance, entiere obéiffance, voilà le devoir des enfans.

Madame CAPULET.

Jugez fa vie entiere. Jamais fille ne fut plus douce plus foumife à fes parens.

CAPULET.

Qu'elle reçoive la main de l'époux que je lui donne, fans objection, fans murmure. Je vous remets le foin de lui annoncer mes volontés.

Madame CAPULET.

Je l'accepte, & je regarde cette permiſ-fion comme une faveur ; mais pourrois - je vous pr'e: ?..

CAPULET.

De quoi encore ?

Madame CAPULET.

Ne me refufez pas ; accordez-lui quelques jours ; elle en a befoin pour que fa beauté, altérée par la maladie, reprenne fon premier éclat.

### CAPULET.

Prétexte frivole ! Sa beauté renaîtra. Ne poussez pas trop loin une molle complaisance, ou je retire...

### Madame CAPULET.

Relâchez de votre inflexible sévérité.

### CAPULET.

Point de délai: j'ai mes raisons, & vous m'applaudirez. Vous le savez, mes ordres ne reculent jamais. Il faut qu'elle obéisse aujourd'hui. Pesez ces dernieres paroles, & faites les sentir à votre fille.

## SCENE IV.

### Madame CAPULET, *seule.*

AINSI les hommes ne savent que comman-der d'un ton absolu, & ne veulent pas em-ployer les moyens de se faire obéir. De la douceur, des égards, & ils subjugueroient toutes nos idées ; mais l'image de la tyrannie révolte une ame qui se connoît la faculté de raisonner & de sentir. Maîtres cruels, votre autorité embrasse donc tout le cercle de notre existence ! Filles, épouses, nous dépendons d'eux toute notre vie ; & l'on nous croit foibles & bornées, parce qu'en toute occasion on a pris soin d'assujettir nos pensées & nos sentimens... Si j'allois la trouver contraire aux choix que son pere a fait pour elle !... Non, son ame est neuve, elle n'a point appris à disposer de son cœur, aucun objet fait pour la séduire ne l'a frappée... La voici.

## SCENE V.

### Mad. CAPULET, JULIETTE, LAURE.

LAURE, *bas à Juliette.*

REMETTEZ-vous ; avancez.

JULIETTE, *s'inclinant vers sa mere.*

Ma mere, qu'aucun jour de ma vie ne se passe sans obtenir votre bénédiction.

Madame C A P U L E T.

Ma chere fille, que Dieu te béniſſe ; mais
pourquoi donc ſi tremblante, ſi affligée ?
( *A part.* ) Comme elle eſt pâle !

J U L I E T T E.

Ah, j'ai paſſé une nuit en même tems ſi
douce & ſi cruelle !

Madame C A P U L E T.

Douce & cruelle ! on croiroit plutôt le
dernier, aux traces de larmes encore em-
preintes ſur votre viſage.

J U L I E T T E.

Vous pouvez m'en croire... Théobald
m'eſt apparu, il m'a fait ſigne du doigt de le
ſuivre dans la tombe... Que ne l'ai-je ſuivi !..

Madame C A P U L E T.

Ecartez ces lugubres images, oubliez
Théobald ; au fond de ſon cercueil il eſt plus
heureux que ſon meurtrier.

J U L I E T T E.

Vous l'avez dit ; il eſt plus heureux que
Roméo qui voit le glaive de la vengeance
ſuſpendu ſur ſa tête ; il eſt plus heureux que

moi qui pleure une perte irréparable; délivré de toute crainte , exempt de toute souffrance , il ne redoute plus l'incertain avenir.

Madame C A P U L E T.

Pourquoi donc gémir encore fur une cendre infenfible ? Ma fille , je ne puis vous comprendre.

J U L I E T T E.

Ah, c'eft fur moi que je pleure ! Foible foulagement à mes maux, ne le puis-je goûter en liberté ? Tout ce qui m'environne eft trifte ; le ciel eft fombre , orageux, l'air pefant , fi pefant qu'à peine je refpire.

Madame C A P U L E T.

Affeyez-vous ; fi vous chaffiez ces triftes idées , Juliette, alors le ciel vous paroîtroit plus ferein , l'air plus pur.

J U L I E T T E.

Je le voudrois ; mais mon deftin s'y oppofe : puis - je commander à mon cœur ?

Madame C A P U L E T.

Idées chimériques ! oui , ma chere enfant , vous le pouvez. Vous ne favez pas à quel point vous m'affligez, Juliette.

### JULIETTE.

Ah ! ce n'eſt pas mon deſſein, ma tendre mere.

### Madame CAPULET.

Eh bien, ſi vous ne réſiſtez pas aux conſeils d'une mere qui vous traite en amie, vous pourrez encore prétendre au bonheur.

### JULIETTE.

Le bonheur ! Ah, qu'il eſt loin de moi !

### Madame CAPULET.

Il eſt plus près que vous ne penſez, ſi vous ne vous y refuſez pas. Je vous apporte une nouvelle intéreſſante, ſatisfaiſante pour votre pere, pour moi, pour vous, pour toute notre maiſon.

### JULIETTE.

Notre maiſon !... (*A part.*) Roméo !... Je tremble, ma tête ſe perd.... Ciel ! (*Se remettant.*) Madame, dites avant tout, Roméo eſt-il puni ?

### Madame CAPULET.

Toujours Roméo, Theobald !... Quoi !

votre pere eſt conſolé & vous ne l'êtes pas ?

J U L I E T T E.

Dites, ô ma mere, Roméo eſt-il arrêté ?

Madame C A P U L E T.

Non, ma fille.

J U L I E T T E.

( *A part.* ) Je renais. ( *Haut.* ) Il ne l'eſt pas, vous en êtes ſûre ?

Madame C A P U L E T.

Gardons le ſilence ſur cet événement fatal ; laiſſons la vengeance aux loix : & pourquoi ajouter la haine à leur rigueur ? Je vous le répete, on veut vous rendre heureuſe : votre pere, qui deſire votre bonheur autant que moi, va vous placer dans un rang. . . . Vous frémiſſez. . . .

JULIETTE, *ſe levant, & d'une voix forte.*

Je ne veux point du bonheur que vous allez m'offrir.

Madame C A P U L E T.

Et quoi ! ſans m'entendre ?

J U L I E T T E.

N'achevez pas. Je vous entends, hélas ! . .

Madame C A P U L E T.

Votre pere , ma fille. . . .

J U L I E T T E.

Je lui défobéirai. . . . . Epargnez - moi ce malheur.

Madame C A P U L E T.

Jamais je n'aurois prévu. . . .

J U L I E T T E.

Ne me dites rien, ma mere, ô la meilleure & la plus tendre des meres , non , non , de grace, ne me dites rien.

Madame C A P U L E T.

C'eſt trop d'obſtination, ma fille ; vous devez m'écouter, recevoir avec reſpect les ordres d'un pere.

J U L I E T T E.

Ah, qu'il eſt cruel! Que veut-il de moi?

Madame C A P U L E T.

Votre pere cruel! . . . Dieu ! eh, pourquoi? Eſt - ce en vous donnant le comte Lodrano pour époux?

J U L I E T T E, *avec un cri.*

Ouvrez-moi le cercueil qui renferme Theobald,

bald : il eſt tems que je meure ; c'eſt là qu'eſt
le repos & que la tyrannie ceſſe.

Madame C A P U L E T.

O ciel, que de maux je prévois ! . . Ma
fille, répondez, où ſont donc les malheurs
d'une telle alliance ?

J U L I E T T E.

Ouvrez-moi un tombeau, vous dis - je,
afin qu'en m'y précipitant, j'échappe au
comte.

Madame C A P U L E T.

Je vois que la raiſon n'a plus ſur vous
aucun empire, ma fille ; n'abuſez pas de ma
tendreſſe ; craignez que je ne vous abandonne au courroux d'un pere irrité. . . .
Mais j'exige qu'en ce moment vous m'ex-
pliquiez la cauſe de vos ſuperbes refus. Re-
nonce-t-on à la main d'un homme eſtimable
ſans en dire les motifs ?

J U L I E T T E.

Ma main ne peut ſe donner à un homme
que je n'aimerai jamais.

D

Madame CAPULET.

Jamais ! . . . Quel est donc l'homme qui pourra toucher votre cœur, Juliette ?

JULIETTE.

Ah ! il n'existe plus. . . . Il n'est pas au moins dans l'enceinte de cette ville. . . . Il est. . . . Il n'est plus.

Madame CAPULET.

J'ai pitié de votre égarement ; consentirez-vous donc à vivre dans des illusions perpétuelles ? Le comte a la naissance, les richesses, les qualités qui plaisent ; il vous aime. . . .

JULIETTE.

Il m'aime ! Eh! si Roméo, le plus cruel ennemi de notre famille, si l'assassin de Théobald m'aimoit aussi, répondez, lui devrois-je le don de mon cœur ?

Madame CAPULET.

Vous m'alléguez l'impossible... Roméo nous hait autant que nous le haïssons. Mais tout se réunit en faveur du comte : son amour,

le choix de vos parens, ce que cet hymen
vous promet d'heureuſes deſtinées...

J U L I E T T E.

Ma mere, ſi vous ne voulez pas que j'expire à vos pieds, épargnez-moi l'horreur d'en
entendre davantage.

Madame C A P U L E T.

Ah, malheureuſe enfant, je pleure & m'at-
tendris ſur toi !

J U L I E T T E.

Puniſſez une fille rebelle.

Madame C A P U L E T.

Pour l'amour de vous-même, ma fille, pe-
ſez la réponſe que je dois faire à votre pere.

J U L I E T T E.

Dites-lui que je préfere la mort , que je
baiſerai la main paternelle qui me délivrera de
la vie.

Madame C A P U L E T.

Je ne vous reconnois plus... Ah, que vous
ſervira ma tendreſſe ! Mes prieres ſeront
vaines, je n'obtiendrai point votre pardon :
mais vous aurez mérité le malheur qui vous

D ij

menace; votre défobéiffance, le délire auquel vous vous livrez, attireront fur vous
le courroux paternel. Il s'appefantira fur
vous, fans que perfonne ofe vous plaindre.
Vous direz que vous aimez Théobald : & qui
croira que l'on garde aux morts une fidélité fi
inviolable, tandis que votre amour pour lui
n'a éclaté qu'à l'heure de fon trépas?

JULIETTE.

Je fens la force de vos raifons, ô ma refpectable mere, & vos bontés ajoutent à mon
défefpoir... Mais...

Madame CAPULET.

Achevez.

JULIETTE.

Je ne puis.

Madame CAPULET.

Ah, cruelle enfant, quelle atteinte vous
donnez à ma tendreffe !

JULIETTE.

Eh bien, obtenez-moi un délai; que ce
fatal mariage foit différé d'un mois, d'une
femaine.

Madame C A P U L E T.

Je ne m'en flatte pas, je l'ai déjà demandé inutilement.

JULIETTE.

Quoi, un délai me feroit refufé ?.. Dieu !

Madame C A P U L E T.

Elle pâlit... elle eft prête à perdre con-noiffance... Laure, Laure !( *Aidant à l'af-feoir.* ) Recourons à Benvoglio... Je fuis la plus malheureufe des meres !

LAURE.

Madame ?

Madame C A P U L E T.

Reftez auprès de Juliette. Secourez-la, cherchez à la ranimer ; je vais faire appeller fon médecin, & tenter un dernier effort fur fon pere.

## SCENE VI.

### JULIETTE, LAURE.

#### LAURE.

MA chere maîtreſſe, reprenez vos ſens...
Nous ſommes ſeules.

#### JULIETTE.

Vous l'avez entendu, Laure... Ouvrez-
moi le ſein de l'amitié; ſauvez - moi de moi-
même, du monde entier.

#### LAURE.

Combien je partage vos peines !

#### JULIETTE.

Ah ! ſi vous me plaignez, délivrez-moi des
careſſes touchantes d'une mere : je les crains
plus que les menaces d'un pere en courroux.

#### LAURE.

Où attachez-vous vos regards, tantôt at-
tendris, tantôt effrayés ?

#### JULIETTE.

Hélas ! c'eſt là que j'ai ceſſé de le voir ;

il a franchi ce feuil fatal. Je voulois le fuivre.
Je n'aurois pas dû le quitter... Quoi, notre
fexe fera donc toujours fous la tyrannie,
toujours affujetti à une obéiffance muette
& paffive ! Efclaves dès l'enfance, nous ne
ferons pas maîtreffes de nos fentimens ! Les
oifeaux ont tous une retraite où, libres & voi-
fins du ciel, traverfant d'une aile rapide l'efpace des airs, ils échappent à la prifon, aux
barreaux de l'efclavage ; & la malheureufe
Juliette, cent fois plus captive, gémira,
courbée fous un joug éternel ! On lui arra-
chera des fermens que fon cœur abhorre !
Et elle n'aura, pour fe délivrer de fes chaînes,
que la profondeur de la tombe !.. Eh bien,
que j'y defcende ! Eloigne-toi, pere abfolu
& barbare... Ici ton pouvoir expire... Je fuis
libre , je fuis à moi-même , j'habite avec la
mort...

### L A U' R E.

Ah, ma chere maîtreffe, calmez-vous !..
Dans quel défefpoir vous tombez !

D iv

## SCENE VII.

### JULIETTE, BENVOGLIO, LAURE.

JULIETTE, *jetant un cri de joie.*

BENVOGLIO, ange confolateur, c'eſt bien à préſent que j'ai beſoin de votre préſence! Eloigne-toi, Laure.

BENVOGLIO.

J'accours, ma digne amie... C'eſt votre mere qui m'envoie vers vous... Elle m'au-roit effrayé, ſi j'euſſe ignoré ce qui s'eſt paſſé cette nuit.

JULIETTE,

Et Roméo?... Satisfaites à ma vive impa-tience.

BENVOGLIO.

Sa ſuite a été heureuſe; les gardes l'ont cherché vainement; l'aube du jour ne l'a point ſurpris dans cette ville.

JULIETTE.

O généreux ami, ô le meilleur des

homines, ange revêtu d'une forme humaine !
vous auteur, témoin & protecteur de notre
félicité, vous dont la supériorité du génie a
soutenu, dirigé mon esprit contre les préju-
gés honteux de la barbarie & de la haine ;
vous à qui je dois tout, la vie, la pensée &
le sentiment, ne vous lasserez-vous point de
tourmenter votre âge pour deux infortunés ?

#### BENVOGLIO.

On ne vit qu'autant que l'on aime, ô ma
Juliette ! L'on n'est heureux qu'autant qu'on
goûte le bonheur de ses semblables. Eh, peut-
on mieux jouir ici-bas que par la félicité d'autrui ?... Vous êtes la fille de mes soins, j'éle-
vai votre enfance, je vis croître par degrés
vos graces & vos vertus, je vous ai aimée
avec une tendresse paternelle. J'aimai Roméo
plus qu'un frere. L'amitié pure & sainte qui
m'unit à vous, est un lien trop au-dessus de
la foible conception des mortels, pour qu'ils
l'apprécient ; ils n'y croiront pas ; leurs passions sont viles, petites, intéressées, orgueil-
leuses. Pour moi, qui ai su aimer, je rends

graces à l'Être bienfaifant qui verfa dans mon ame cette fenfibilité précieufe qui m'attache à tous les êtres que l'amour rend infortunés.

### JULIETTE.

Vous avez hafardé votre état, votre repos, votre vie même, pour fervir & protéger nos amours.

### BENVOGLIO.

J'ai dû le faire. D'autres me condamneront; mais j'aurai accompli à la face de la nature, modele éternel des loix, ce que le ciel autorife & ordonne. La contemplation affidue des merveilles créées a de bonne heure éclairé mon efprit & élevé mon ame; je n'ai pas vu fans mépris les inftitutions bizarres & cruelles que les hommes ennemis d'eux-mêmes ont forgées dans leur infigne folie, & dont ils fe font rendu les efclaves. J'ai vu votre fexe, l'ornement de la terre, privé de fa liberté, & les loix & les mœurs terraffant votre aimable génie, vous opprimer fous un joug conftant & déraifonnable. Dans le printems de votre vie, dans cet âge heureux &

rapide qui, une fois écoulé, ne revient plus,
lorsque le cœur plein des plus douces sen-
sations s'ouvre à l'amour, présent d'un Dieu
bienfaiteur, il s'agissoit d'un choix qui as-
surât votre bonheur & vos vertus. Ayant à
prononcer entre votre pere & vous, j'ai jugé
que rien n'imposoit à l'homme le sacrifice de
son cœur & de sa liberté. J'ai trompé la haine
pour servir l'amour. Falloit-il livrer au sté-
rile désespoir deux cœurs généreux qui s'é-
laçoient l'un vers l'autre? Vous aimiez,
vous périssiez. Roméo, né pour la gloire,
déjà l'oublioit; & vous, Juliette, vous
alliez vous flétrir comme la fleur qu'un
rayon de soleil trop ardent a frappée. Que
m'importoit l'inimitié héréditaire qui divise
vos familles? Si la haine est le dieu des ames
viles & personnelles, le mien est l'amour:
j'aime, je chéris, je défends, je protege les
êtres sacrés qui ressentent ses flammes divi-
nes; je deviens leur frere, leur ami, leur
compagnon; ma tendresse inquiete les suit,
les observe, & ne repose comme la nature

qu'après avoir contemplé leur mutuelle ex-
tafe.

### JULIETTE.

• Que vous êtes un mortel rare au milieu
de tant d'ames froides & infenfibles à ces
tourmens du cœur, les plus cruels de tous!

### BENVOGLIO.

Si l'amour n'habite plus ce cœur trifte &
glacé par les ans, le fouvenir de fes bien-
faits auguftes n'en eft pas effacé ; la mémoire remplie de fes ineffables délices, je lui
ai élevé un temple au fond de mon cœur,
& c'eft là que je lui ai voué un culte éternel & inviolable. Tous les foupirs échappés
à une ame que pénetre ce feu célefte, me
touchent, m'intéreffent. Je fens fes peines &
fes inquiétudes... O volupté pure, quelle bouche eft digne de chanter tes myfteres ! C'eft
en vain que les inftitutions humaines con-
trarient ce noble élan des cœurs; dès que
la voix du fentiment s'eft fait entendre, les
profanes clameurs du préjugé s'évanouiffent
& cedent à la plus légitime comme à la plus

facrée de toutes les loix... Vous fûtes à mes
yeux deux êtres que toute la nature devoit
embraffer & recueillir dans fon fein; j'ai ap-
plani les obftacles, j'ai guidé vos pas, j'ai
dirigé vos ames ardentes & inconfidérées :
vous vous êtes trouvés par mes foins en
préfence des autels ; je n'ai craint ni les reproches ni l'autorité de votre pere ; Roméo
& Juliette s'aimoient, il leur appartenoit
d'être heureux.

### JULIETTE.

O mon bien faiteur ! fortira-t-il de ma
mémoire, ce jour où nos levres tremblantes
purent à peine s'ouvrir pour prononcer les
fermens de l'amour ! Sermens fuperflus !
nos cœurs n'en formoient déjà plus qu'un.
Les cieux apportant la volupté, fembloient
s'abaiffer autour de nous pour nous environ-
ner d'un nouvel athmofphere. Etions-nous
encore fur la terre ? Non.... Le prêtre, les
flambeaux, les ombres, la majefté du temple, tout avoit difparu ; je ne voyois que
Roméo ; fa noble main preffée, confondue

dans la mienne... O raviſſement !... Point de
trouble dans mon cœur, une joie douce &
profonde en écartoit la terreur & la crainte ;
le concert des immortels ſembloit retentir
à notre oreille charmée , & leur félicité devenoit la nôtre... Vous êtes mon véritable
pere, Benvoglio. Capulet m'a donné le jour ;
mais à qui dois-je ce calme, cette élévation,
cette force de la penſée, qui a déterminé le
bonheur de Roméo & le mien ?... Mais, ô
revers ! comme en un inſtant cette joie s'eſt
changée en triſteſſe ! Qu'il a peu duré, ce
bonheur ! Savez-vous tout ?... Hélas !

### BENVOGLIO.

Je ſais que votre pere a réſolu votre hymen avec le comte Lodrano.

### JULIETTE.

N'avez-vous pas frémi ?

### BENVOGLIO.

On m'a informé de votre réſiſtance.

### JULIETTE.

Dites plutôt de mon horreur.

### BENVOGLIO.

Vos parens m'ont chargé de vous parler
en faveur d'un homme qui vous eſt odieux,
de vous perſuader de remplir ce qu'ils appel-
lent des devoirs.

### JULIETTE.

Vous ſavez quels ſont les miens aujour-
d'hui.

### BENVOGLIO.

Moi ſeul vous connois, ô ma Juliette! &
j'en ſuis orgueilleux; moi ſeul ai deſcendu
dans cette ame ſenſible, moi ſeul en connois
les tréſors ignorés. Souvent en ma préſence
votre pere a parlé de vos graces, & il mé-
connoiſſoit vos vertus. Votre mere diſoit que
vous étiez noble & bonne: foibles expreſ-
ſions pour rendre l'aſſemblage de vos rares
qualités. Vous avez marché au milieu d'un
monde aveugle, qui n'étoit point fait pour
vous apprécier. Exiſtez pour Roméo & pour
moi; c'eſt à nous de réparer l'inattention de
ce qui vous environne. Vous aviez reçu de
la nature une ame douce & ſenſible; j'ai

voulu qu'elle fût forte, courageuse, qu'elle fût grande... Elle l'est.

### JULIETTE.

J'ose le dire, magnanime ami, oui, elle l'est tant qu'elle sera soutenue par vos conseils & par vos leçons.

### BENVOGLIO.

J'aime à reconnoître le cœur que j'ai formé... Il est bien à moi ce cœur?

### JULIETTE, *se jetant dans les bras de Benvoglio.*

Ah, mon pere !..

### BENVOGLIO.

Je me complais dans mon heureux ouvrage.... Que Capulet tonne, menace.... Vous ne seriez pas liée à Roméo par des sermens inviolables, vous seriez en ce moment indépendante & libre, que je vous dirois : noble amie, que le vice qui calcule réponde à l'ambition; mais que l'amour ne réponde qu'à l'amour : réservez votre main pour celui qui aura touché votre cœur. Qui cede sans amour, le profane & se dégrade.

L'amour

L'amour marque la perfection sublime de
notre être, ou son dernier aviliſſement. C'eſt
un tranſport ſacré, où le plus vil de tous
les menſonges.

### JULIETTE.

Toujours vous portez un jour nouveau
dans mon ame ; vous élevez, vous fortifiez
mon courage. Mais ce n'eſt pas aſſez de me
protéger contre mon pere , ſauvez - moi de
cet hymen odieux. . . Le tems preſſe.

### BENVOGLIO.

Votre époux n'eſt encore qu'à ſix milles
de Vérone. Je vais tenter de toucher le cœur
de Capulet : je vous repréſenterai foible , mou-
rante ; & ces doux attraits que l'amour ſeul a
pâlis , je les peindrai languiſſans dans l'ombre
de la maladie. Si votre pere reſte inflexible,
ſoudain je dépêche vers Roméo. . . Je ne
m'explique point encore ; mais vous con-
noiſſez mon zele , & tout ce qu'il oſe entre-
prendre. . . Croyez en ce jour aux prodiges ,
aux miracles de l'amitié.

E

### JULIETTE.

Ah ! j'y crois, Benvoglio, j'y crois.

### BENVOGLIO.

C'est à vous qu'il appartient de les enfanter.

### JULIETTE.

Ce matin je voulois, à l'aide d'un déguisement, m'échapper avec Roméo : il n'a pas voulu y consentir.

### BENVOGLIO.

Il eut pour vous de la prudence... Et comment échapper, lorsque votre pere a tout crédit & des alliés puissans. Où vous refugieriez-vous ?... Sans mes soins assidus & vigilans, auriez-vous pu jouir une seule fois de la présence de votre amant ? N'a-t-il pas fallu choisir l'asyle obscur & mystérieux d'un cloître pour écarter tout soupçon ?.. Vous pouvez tromper, mais non braver son autorité... Que le repos soit votre partage. A moi, chere Juliette, les travaux & les soins de vous rendre heureuse.

### JULIETTE.

Le ciel m'a favorisée entre toutes les

mortelles, en daignant m'accorder un ami tel
que vous... Oui, je lui dois plus d'actions
de graces pour ce bienfait que pour Roméo
même.

### BENVOGLIO.

Ah, Juliette, quelque fensible, quelque
profondément reconnoiffante que foit votre
ame, non, elle ne faura jamais elle-même
combien vous m'êtes chere. Ce fentiment, dans fa mâle énergie, ne fera jamais
conçu par tout ce qui refpire ici-bas. Qua-
rante ans plus tôt j'aurois afpiré à votre main;
mais féparé de vous par l'intervalle de l'âge,
ma félicité du moins ne fut pas entiérement
trompée; nos cœurs furent unis par l'amitié,
qui a fes jouiffances & fes pures délices. J'ai
mis mon bonheur à placer votre main dans
celle de Roméo; j'ai goûté vos plaifirs, j'ai
joui de vos tranfports; je puis mourir, j'ai
tout fenti... Plus heureux, j'ofe le dire, que
vous ne l'avez été, les larmes que vous ré-
pandîtes dans le fein de la volupté n'ont pas
coulé, j'en fuis fûr, plus délicieufement que
les miennes.

E ij

### JULIETTE.

Eh! qui vous récompenfera de tant de générofité ?

### BENVOGLIO.

Vous. En vous aimant toujours, en étant, s'il fe peut, l'un à l'autre d'une maniere plus intime. Amour ! ô fentiment plein de raifon, premier mouvement d'une ame tendre & pure ! oui, tu es une paffion vraiment célefte. Tandis que toutes les autres concentrent l'homme en lui-même, tu le fais vivre dans l'objet aimé. Tu éteins dans fon cœur le farouche intérêt perfonnel pour lui révéler les jouiffances que donne le plaifir de fervir ce qu'on aime. Il eft toujours infenfible & froid, l'homme qui fe refufe à tes feux : fon cœur qui s'ifole fe durcit, il n'eft plus difpofé à la compaffion ni à la pitié. Malheureux ! il ne connoît point l'élan rapide & mutuel des ames. O Juliette, ô Roméo ! ames nées pour fentir le bonheur & le répandre autour de vous, aimez-vous, mes enfans, aimez-vous, parce que l'amour eft ce qu'il y

a de meilleur ici-bas, en ce qu'il nous difpofe
aux vertus, parce que le cœur s'améliore par
l'exercice précieux du fentiment, parce que
l'amour eft compagnon de la force, du courage,
des nobles & grandes entreprifes. Que le foyer
de votre tendreffe fe rapproche de celui de
l'humanité ; que vos plaifirs élevent, agran-
diffent vos ames & les portent vers des idées
vaftes & généreufes. Vous marcherez alors
comme des dieux au milieu de la race humaine, & vous laifferez la haine, la froi-
deur, l'égoïfme, l'orgueil, aux ames baffes
& rétrécies. Le flambeau facré des vertus,
qui brûlera dans votre fein, perfectionnera
votre union ; & en faifant des heureux, vous
apprendrez à l'être.

### JULIETTE.

O magnanime ami, généreux bienfaiteur
des humains, qui après avoir foulagé leurs
fouffrances, leur donnez encore la force &
l'élévation de l'ame, foyez béni & révéré...
Ah, que le ciel nous aime, lorfqu'il nous
envoie une ame faite pour foutenir & guider

la nôtre !.. Non ; nous ne penſons avec énergie que dans le noble ſein de l'amitié. Que je m'y plonge...

    **BENVOGLIO**, *la ſerrant dans ſes bras.*

    Ah, Juliette !.. Vous voulez donc me faire redouter la fin de ma carriere !.. Dieu !.. je ne ſaurai plus mourir.

# ACTE III.

## SCENE PREMIERE.

CAPULET, Madame CAPULET.

### CAPULET.

EPARGNEZ - moi vos prieres, madame. Je n'aurois pas imaginé que vous eussiez donné dans les chimeres qu'il plait à votre fille de se forger.

### Madame CAPULET.

Ne brisez pas son cœur, lorsque vous pouvez le plier sans effort. Croyez-moi, Juliette est malade, plus malade que vous ne pensez. Sa maladie est dans l'ame...

### CAPULET.

Vous avez armé contre moi jusqu'à son médecin. Vous pouviez vous épargner ce dernier artifice : il n'aura pas l'effet que vous

E iij

en attendiez ... Ce n'est pas moi que l'on conduit ainsi.

Madame CAPULET.

Quoi! lorsqu'elle est foible, tremblante, inconsolable. ...

CAPULET.

Je me doutois bien que ce seroit là la suite de vos représentations. Votre excès d'indulgence envers une fille rebelle n'a servi qu'à la rendre plus opiniâtre. Jamais l'autorité paternelle ne doit lutter avec des enfans.

Madame CAPULET.

Notre cœur, vous le savez, ne se laisse pas toujours guider par cette raison mâle qui vous caractérise. N'êtes-vous point trop sévere, en lui refusant un court délai? Craignez qu'un ordre violent ne lui devienne fatal.

CAPULET.

Je connois son sexe; quand une fille s'abandonne au caprice, il faut l'enchaîner par la loi du devoir. Nous verrons si elle soutiendra en face sa désobéissance.

Madame C A P U L E T.

J'ai tout tenté pour vous fléchir, je n'aurai rien à me reprocher, & cette tyrannie au moins ne fera pas mon ouvrage.

C A P U L E T.

Si vous n'êtes pas entiérement privée de raifon, ainfi que votre fille, fouvenez-vous, madame, que Juliette ne doit avoir aucune forte de volonté. Mais la fermeté que vous n'avez pas fera mon partage, puifqu'on m'y force. Gardez feulement que le comte n'ait entrevu fa réfiftance. Allez, & qu'elle fe rende ici.

## S C E N E II.

### C A P U L E T, *feul.*

J'AI promis, je ne puis différer; mon honneur, mon autorité, tout m'oblige a remplir mon projet: & pourquoi m'en laifferois-je détourner ? Si le changement d'état porte un certain trouble dans un cœur neuf &

inexpérimenté, bientôt l'effroi se diffipe & fait place à la tendreffe. Je dois contraindre ma fille, pour la déterminer à fon bonheur.

## SCENE III.

### CAPULET, JULIETTE, LAURE.

JULIETTE, *dans le fond du théatre.*

JE vais entendre mon arrêt... Quel regard! Ciel!..

CAPULET.

Sortez, Laure. ( *Laure fort.* ) Il faut donc que je fois moi - même le porteur de mes ordres.

JULIETTE.

Pardonnez, feigneur; je fuis votre fille unique. De ce choix que vous m'impofez d'autorité, dépend le bonheur ou le malheur de ma vie.

CAPULET.

Vous ferez heureufe, ma fille.

JULIETTE.

Jamais... Permettez que j'uniffe ma voix

à la voix gémiſſante d'une mere pour émouvoir votre tendreſſe.

### CAPULET.

Eſt-ce vous, Juliette, qui êtes rebelle à mes
volontés? Depuis quand affeɛtez - vous ce
courage?

### JULIETTE.

Je n'affeɛte rien, ſeigneur.

### CAPULET.

Je n'accorde aucun délai, je ne reçois
aucune excuſe. Voyons ſi vous avez mis
votre gloire à réſiſter à mon autorité, ſi l'orgueil...

### JULIETTE.

Ah, mon pere! il n'y a point d'orgueil.

### CAPULET.

Qu'y - a - il donc?... J'attends une ſou-
miſſion ſans bornes... Dans un âge tendre,
& ſans expérience, ayèz une ſage défiance
de vous - même, ma fille, & laiſſez - vous
conduire. Voudriez-vous être plus éclairée
que vos parens, & ſoutenir votre rebellion
par l'entêtement?

JULIETTE, *s'inclinant.*

Je vous supplie à genoux...

CAPULET.

Levez-vous... Cette humilité apparente peut tromper une mere crédule, faire couler ses larmes ; mais je suis au-dessus de pareilles séductions. Epargnez - vous les pleurs : je n'y crois point. J'ai tout pesé mûrement, & mon expérience, vous m'en croirez peut-être, est faite pour vous guider. Préparez-vous à me suivre à la campagne dès aujourd'hui ; là, vous donnerez votre main au comte Lodrano. Il est d'une race illustre, & tout vous ordonne...

JULIETTE.

Je vous conjure par la tendresse paternelle, par le soin du bonheur de votre fille, que vous aimez sans doute encore...

CAPULET

N'achevez pas... Mais... Parlez cependant, & me dites ce qui vous déplait dans le comte Lodrano, & quel est le motif de cette désobéissance formelle.

#### JULIETTE.

Souffrez que je renonce pour toujours au mariage. La mort de mon malheureux coufin a tellement flétri mon cœur... :

#### CAPULET.

Comment ajouter foi à ce long défefpoir ?.. Votre pere n'a-t-il pas un cœur aufſi ?.... Théobald m'étoit aufſi cher qu'à vous.

#### JULIETTE.

Une répugnance invincible pour le comte..?

#### CAPULET.

Elle ne durera pas : il eſt jeune, aimable; vous l'aimerez bientôt.

#### JULIETTE.

Vous avez tout pouvoir. La mort ne me refufera pas fon fecours.

#### CAPULET.

Vous perdez le refpeĉt... Cette menace... Je veux bien l'oublier.

#### JULIETTE.

Ne me rejetez point de vos bras, ô mon pere ! Daignez au moins m'accorder du tems pour me réfoudre à ce que vous exigez...

### CAPULET.

C'en est affez : je vous ai écoutée , & vous m'avez entendu.

### JULIETTE.

Il n'y a donc plus de pitié ! Mon pere est inflexible.

### CAPULET.

Je dois l'être. Quelles font vos réponfes ? Des plaintes vagues, les rêves d'une imagination exaltée. L'époux que je vous ai choifi est d'un fang illuftre , d'une conduite irréprochable & d'une figure peu commune ; & vous refuferiez fa main ? & vous feriez cet affront à lui, à votre pere ? Et la caufe d'un fi étrange refus feroit enveloppée d'un myftere impénétrable ? Non : c'eft pour la derniere fois que ma bonté s'explique. Tenez - vous prête à partir : je vous l'ordonne par toute l'autorité que je puis avoir fur vous. Obéiffez.

## SCENE IV.

### JULIETTE, *seule.*

IL eſt donc prononcé ce terrible arrêt!..
Mais d'où vient que cet ordre deſpotique
n'a fait aucune impreſſion ſur mon ame?...
Les larmes de ma mere m'ont plus touchée
que ſes menaces. Je ſens mon cœur qui ſe
roidit, au lieu de ſe ſoumettre... Traînée de
force au pied de l'autel! Dieu! l'autel trem-
bleroit, l'autel s'enfonceroit ſous terre...
O Roméo, Roméo! pourquoi ton nom eſt-
il un crime? Je l'euſſe prononcé... Mon pere
m'appelle une fille rebelle, inſenſée. Dieu
que j'atteſte, tu ſais la cauſe de mes refus
Non, non, je ſuis fidelle; je ſuis amante, je
ſuis épouſe, j'en remplis les devoirs. Eh,
quels autres ſont plus ſacrés? Allons: le dé-
ſeſpoir m'a rendu le courage; mon ame doit
s'élever au-deſſus des revers... Je ſaurai
mourir.

## SCENE V.

### JULIETTE, LAURE.

#### LAURE.

COMMENT vous trouvez-vous ? Qu'a produit cet entretien ? Je tremble d'en apprendre l'issue.

#### JULIETTE.

Je ne suis plus si mal, Laure.

#### LAURE.

Arrêtez. Votre ton de voix m'effraie.

#### JULIETTE.

Vous n'avez pas encore vu un corps privé de vie, Laure ?

#### LAURE.

Ah, Dieu ! quelle image vous m'offrez !

#### JULIETTE.

Eh bien, vous le verrez bientôt ; n'allez point en frémir. Considérez-le...

#### LAURE.

Ne parlez pas ainsi, ma chere maîtresse.

#### JULIETTE.

### JULIETTE.

Vous ferez témoin, vous dis-je, de mes funérailles ; mais malgré le fang que j'aurai perdu, je paroîtrai plus belle dans le cercueil que dans le lit nuptial. Quand le comte Lodrano, accompagné de mon redoutable pere, viendra pour s'emparer de la tremblante Juliette, il ne trouvera plus qu'une main froide & glacée ; la pâleur de la mort fera empreinte fur ses joues décolorées ; bientôt la cloche funebre retentira dans les airs ; les portes bruyantes du temple s'ouvriront ; les larmes rares de l'amitié arroferont ma tombe, tandis que d'autres fuivront mon convoi avec une morne infenfibilité... Mon pere pleurera peut-être... Son pouvoir n'exiftera plus ; je ferai avec la mort qui rend à tous les êtres, égaux alors, leur liberté primitive.

### LAURE.

Ciel ! je friffonne. Quelles lugubres idées !

### JULIETTE, *avec un cri de joie.*

Je renais... Voilà Benvoglio... Eloigne-

F

toi, Laure. Va, je n'affligerai pas long-tems tout ce qui m'environne.

# SCENE VI.

## BENVOGLIO, JULIETTE.

JULIETTE. ( *Elle joint les mains & pleure.* )

AH, Benvoglio! je lis fur votre vifage...

### BENVOGLIO.

On n'appaife point un Capulet... Votre pere!.. Qu'il eft petit dans fes grandeurs!

### JULIETTE.

Le bonheur n'auroit donc lui qu'un inf-tant pour nous.

### BENVOGLIO.

Il n'eft pas détruit encore, il ne le fera point, j'ofe vous en affurer, Juliette.

### JULIETTE.

Mon pere eft inflexible, dites-vous, quel efpoir peut me refter ?

### BENVOGLIO.

Oubliez-vous ce que peut ma tendreſſe ?..
J'ai intercédé pour vous, & ſoudain j'ai vu
le courroux enflammer ſon viſage : j'ai été
forcé de promettre que je m'emploierois à
vous perſuader ; car les grands ſont tellement
familiariſés avec le deſpotiſme, qu'ils s'ima-
ginent que ceux qui ſe trouvent ſous leurs
pas ſont faits pour leur ſervir de miniſtres.
Le court eſpace de tems qui vous reſte, ma
digne & malheureuſe amie, va bientôt s'é-
couler. Il ne faut point compter ſur l'indulgence d'un pere qui ne ſuit que ſes idées
ambitieuſes ; dans trois heures il vous enleve,
il force votre main...

### JULIETTE, *fièrement.*

Il force ma main !.. Mais, répondez, tous
les peres ſont-ils ainſi ?.. Non, non, je m'arrête... Je dois reſpecter mon pere. Dieu !
qui m'eût dit qu'un pere ne ſeroit plus à mes
yeux le plus cher des mortels !.. Il forcera
ma main... Vous m'avez dit cent fois que le
courage étoit la premiere vertu & la plus

néceſſaire dans la carriere orageuſe de la vie...
(*Elle tire un poignard.*) Voyez - vous ce
poignard ? Au moment de la violence...

### BENVOGLIO.

Donnez - moi ce fer, cruelle amie. Non,
ce n'eſt point là une de mes leçons.

### JULIETTE.

Le droit le plus ſacré à une ame géné-
reuſe, n'eſt-il pas de mourir à ſon gré ?

### BENVOGLIO, *lui ôtant le poignard.*

Vous ne vous appartenez plus, vous êtes
à Roméo.

### JULIETTE.

Eh, ne pouvant plus vivre pour lui, il faut
bien que je meure !

### BENVOGLIO.

Vous voulez mourir... Eh bien, ayez le
courage de faire plus pour lui.

### JULIETTE.

Faire plus pour Roméo ?... Achevez.

### BENVOGLIO.

Oſerez - vous deſcendre vivante dans le
tombeau ?

JULIETTE.

Que dites-vous, ô ciel !

BENVOGLIO.

Oferez-vous entrer dans le fouterrein où
dort la poufliere de vos ancêtres ? Au milieu de ces tombeaux, garderez - vous une
ame exempte de terreur ? Ne frémirez-vous
point en vous trouvant feule fous ces voûtes
ténébreufes, en voyant ces colonnes noires
& refplendiffantes, ces marbres penchés fur
des fépulcres, & le jour pâle & tremblant
de ces lampes funebres, qui éclaire par in-
tervalles ces triftes maufolées ?

JULIETTE.

Vos expreffions m'effraient ; mais l'ame
de Benvoglio me raffure... Oui, j'y def-
cendrai avec courage ; mais pourquoi vifiter
le féjour des morts ?

BENVOGLIO.

Pour être à jamais rendue à Roméo.

JULIETTE.

A Roméo ! Ah ! placez-moi dans un cercueil ; enveloppez-moi dans un linceul fu-

néraire, couchez-moi auprès de ces statues
froides & silencieuses : l'effroi de la tombe
n'a point jusqu'à mon ame, j'en surmon-
terai l'horreur ; je ne crains plus cette nuit
profonde & solitaire... Garantissez-moi du
sort affreux qu'on me prépare, & j'affronte le séjour des tombeaux.

### BENVOGLIO.

Je n'attendois pas moins... Eh bien, Juliette, je vais vous dérober à la tyrannie ; je
vous soustrais pour toujours au despotisme
de vos parens ; ils ne songeront pas même à
suivre vos traces, vous aurez fui par une
route inconnue & nouvelle ; ils vous pleu-
reront amérement, eux qui vous auroient
immolée d'un œil sec ; mais loin des maîtres
de votre sort, vous vous appartiendrez à
vous-même, vous serez libre.

### JULIETTE.

Je serai libre ! Ah, Benvoglio ! j'oserai
tout... Mais comment cela se pourra-t-il ?

### BENVOGLIO, *montrant une fiole.*

J'ai déployé pour vous tout l'effort de mon

art , de cet art divin que j'ai cultivé dès mon
enfance , & qui m'a appris l'ufage de ces plan-
tes précieufes où le foleil dardant fes plus
purs rayons, emprifonna les germes de la
joie , de la vie & de la fanté. Les vertus les
plus fecretes & les plus oppofées font enfer-
mées dans ces végétaux que l'homme diftrait
foule aux pieds , & qui recelent les tréfors de
la vie élémentaire. J'y ai trouvé le remede à
toutes les fouffrances; & l'amour de l'humanité , que la noire ingratitude n'a pu tarir
dans mon cœur, enflammant fans ceffe mes
efprits , m'a fait fuivre ces phénomenes qui ne
frappent d'abord que la curiofité, & qui font
connoître de plus en plus combien la nature
eft riche dans fes rapports & puiffante dans
fes combinaifons. Une découverte heureufe,
renouvellée fous la main de l'expérience ,
m'a rendu certain de l'effet le plus éton-
nant & le plus admirable. Je puis vous
dire avec affurance , prenez, ma Juliette,
prenez fans crainte ce breuvage affoupiffant :
il va vous endormir d'un fommeil tranquille

& infenfible, qui reffemblera parfaitement
au calme du trépas. Mais ce fommeil n'eft
que paffager & nullement dangereux ; les
principes de la vie ne feront point éteints,
mais fufpendus ; vous refterez douze heures
fous cette image d'une mort parfaite ; nulle
chaleur, nul fouffle n'atteftera que vous vi-
vez. J'annoncerai moi - même votre mort
avec de feintes larmes ; la pitié frappera juf-
qu'à l'ame inflexible de votre pere ; on le
verra, abandonnant fon trifte palais, le laif-
fer défert & inhabité. Le refte me fera con-
fié. Suivant nos ufages, parée dans votre cercueil & le vifage découvert, vous ferez portée
pour être enfevelie dans le tombeau de votre
famille, fous cette même voûte antique où
repofent tous les defcendans des Capulets...
Vous frémiffez, Juliette !

J U L I E T T E.

J'éprouve un refte de terreur, je l'avoue ;
mais achevez.

B E N V O G L I O.

Je ferai chargé de tout le funebre appareil :

ces mains vous placeront à la suite de vos aïeux ; à moi seul est remis le soin de toucher ce corps adorable & de le couvrir d'aromates précieux... J'ai redouté de prononcer ces dernieres paroles ; mais tout ceci, ma Juliette, n'est qu'un stratagême qui sous les auspices de l'amour vous rend à votre époux. Au bout de quelques heures vous sortirez de votre assoupissement comme d'un songe ; & Roméo que j'ai fait avertir, sera dans vos bras à votre réveil.

### JULIETTE.

Roméo !.. Je le reverrai ? Vous me l'assurez ? ...

### BENVOGLIO.

On vous croira séparée des vivans & dans la nuit éternelle de la tombe ; mais vous vivrez, vous serez rendue à l'amour. Vos obseques se feront avec magnificence au bout de quelques jours ; & la premiere des victimes que le char lugubre des hôpitaux envoie chaque jour à la sépulture, ira prendre votre place.

### JULIETTE.

Je renaîtrai, Benvoglio, je renaîtrai ?

### BENVOGLIO.

Ma main attentive & scrupuleuse pesoit plus que ma vie ; elle pesoit la vôtre & celle de Roméo... Ne tremblez point.

### JULIETTE, *prenant une coupe.*

Eh bien, je n'ai plus de terreur. Conduisez-moi dans ces obscures demeures ; que je m'endorme sous ces voûtes effrayantes ; je préfere ce séjour au palais de mon pere. N'est-ce pas au milieu des sépulcres que finit l'empire des Capulets ?.. Mais, Dieu ! je vois les larmes de ma mere, sa douleur, son désespoir... Mere infortunée ! N'entendrai-je pas ses cris, ses gémissemens ?

### BENVOGLIO.

Non. Invulnérable & calme, plongée dans un profond & doux sommeil, aucun sentiment pénible ne troublera votre repos.

### JULIETTE.

Mais Roméo... quand il apprendra ma mort feinte, que deviendra-t-il ?

### BENVOGLIO.

Il l'ignorera.

### JULIETTE.

Ah! voilà bien la faveur qui me devient la plus chere.

### BENVOGLIO.

Je précéderai son arrivée au temple, & je m'y rendrai avant votre réveil.

### JULIETTE.

Serrez - le dans vos bras, entraînez - le loin de moi, qu'il ne me voie pas le visage pâle, l'œil fixe, le corps glacé; veillez plus que sur moi, Benvoglio, veillez sur mon époux.

### BENVOGLIO.

Il ne pourra se rendre aux tombeaux qu'à minuit; c'est moi qui l'y conduirai, & vous serez alors pleinement revenue à la vie.

### JULIETTE.

O douce espérance! Roméo, mon cher Roméo, malgré la haine & la tyrannie, je serai toute à ton amour.

### BENVOGLIO.

En vous réveillant, ne vous effrayez point

du vaſte ſilence du temple, ni de l'immobile attitude de ces ſtatues qui accompagnent les mauſolées.

### JULIETTE.

Si j'éprouve de l'effroi, je prononcerai le nom de Roméo.

### BENVOGLIO, *vivement.*

Et vos premiers regards le rencontreront; je vous unirai une ſeconde fois. Cette profonde horreur du temple diſparoîtra ſoudâin, & il ne ſera plus pour vous que ce qu'il fut la nuit où, éclairé des flambeaux qui jetoient autour de l'autel des ombres grandes & ma-jeſtueuſes, vous prononçâtes dans ce demi-jour impoſant & ſolemnel les vœux & les ſermens de l'amour.

### JULIETTE.

O nuit mémorable, pourras-tu te repro-duire à mes ſens étonnés & ravis! Tant de joie appartiendroit - elle une ſeconde fois au foible cœur de l'homme! O bonheur! ſi je t'invoque, c'eſt pour remplir l'ame du mortel qui m'eſt cher... Qui m'eût dit que

l'artifice entreroit un jour dans ce cœur
qui n'a jamais diſſimulé!.. Mais lequel eſt
le plus coupable, de la victime qui échappe
au coup mortel, ou de celui qui tient la
hache levée ſur ſa tête?... Dois-je attendre
encore ?

BENVOGLIO.

Non ; il eſt tems.

JULIETTE, *tendant la coupe.*
Donnez... Votre main tremble.

BENVOGLIO.
C'eſt de tendreſſe, & non de crainte.

( *Il verſe la liqueur.* )

JULIETTE.
Voyez-moi ſourire... Le tems de mon
ſommeil ſera-t-il long ?

BENVOGLIO.
Douze heures ; mais le tems n'exiſtera plus
pour vous. ( *Elle fait quelques pas.* ) Que
faites-vous ?

JULIETTE.
J'arrête ma vue ſur le ſeuil de la porte,
d'où il m'a envoyé le dernier regard... Je

le vois... Je suis forte. (*Elle boit. Posant la coupe.*) Eh bien, ami... je n'ai plus qu'à aller au tombeau.

### BENVOGLIO.

Soyez maintenant tranquille, & laissez agir la liqueur.

### JULIETTE.

Ah! ma confiance est entiere... Je ressusciterai.

### BENVOGLIO, *la prenant dans ses bras.*

Je vous le jure, héroïque amie.

### JULIETTE.

O mon libérateur!... Vienne donc le sommeil!

### BENVOGLIO.

Avant qu'il vous surprenne, il vous reste à feindre une entiere obéissance aux ordres de votre pere. Ainsi vous conserverez la renommée d'une fille soumise. Il vous honorera de ses longs regrets; vous n'aurez rien perdu dans sa mémoire, & l'orgueil des Capulets sera satisfait.

### JULIETTE.

Puiffe le repos defcendre au fond de fon ame auffi profondément que je le defire! Je n'ai que le remords d'avoir troublé quelques inftans de fa vie ; mais dites, étoit-il en mon pouvoir d'obéir ?

### BENVOGLIO.

Je répandrai du moins quelque fatisfaction dans fon cœur, en lui portant la nouvelle de votre foumiffion. Je me parerai de ce prétendu triomphe ; mais en même tems je lui peindrai tout l'effort du facrifice , combien il fut pénible & douloureux. Ce combat entre le devoir & la volonté donnera plus de vraifemblance à ce qui doit arriver. Adieu, ma digne amie : je vais agir pour Roméo.

### JULIETTE, *lui jetant un dernier regard.*

Nous nous reverrons ?...

### BENVOGLIO.

A minuit... Tous trois... Nous nous retrouverons dans les bras de la liberté , de l'amitié & de l'amour.

# ACTE IV.

## SCENE PREMIERE.

JULIETTE, *seule, errant sur la scene.*

CE n'eſt donc qu'auprès de ces ſombres
autels, à la lueur tremblante de ces lugubres
feux, que je dois le revoir ! Eh, qu'importe le
lieu, pourvu que je l'y preſſe dans mes bras !
Mon amour a tout oſé... Oui, je m'endor-
mirai, je repoſerai ſous ces voûtes ſépul-
crales... Ce ſéjour de la mort pourroit-il
m'effrayer ? Il me dérobe à la tyrannie & me
rend à l'amour... Mais ſi la main de mon
protecteur avoit paſſé la meſure... ſi j'allois
dormir d'un ſommeil éternel, quel ſeroit
le ſort de Roméo !... Horrible penſée !
Mourir, & j'aime... Mais Roméo laiſſeroit-
il Juliette ſeule dans le tombeau ? Non, il s'y
précipiteroit ; ſa main preſſeroit ma main
glacée...

glacée... Eh bien, qu'ai-je à craindre ? Notre
deſtin, proſpere ou fatal, ſera toujours le
même. Oui, je ſuis fille de Capulet, je le ſens
au courage qui me guide. Plus de crainte...
La mort ou l'heureuſe liberté. Ma mere !..
Dieu ! encore un combat.

## SCENE II.

### Madame CAPULET, JULIETTE.

#### Madame CAPULET.

Il me tardoit de vous embraſſer, ma fille.

#### JULIETTE.

Eh bien, ma mere, je cede à un pouvoir
abſolu : que veut-on de plus ?

#### Madame CAPULET.

Vous m'en devenez plus chere. Ce n'eſt
pas que je ne ſois ſurpriſe que votre médecin
ait eu plus de pouvoir ſur votre eſprit que vos
parens... Mais ſupprimons tout reproche :

G

avec quel plaifir votre pere va retrouver une fille obéiffante !

JULIETTE.

Beaucoup moins que vous ne le penfez, ma refpectable mere.

Madame CAPULET.

La paix que j'aime, & que j'appelle de tout mon pouvoir, va fuccéder aux nuages qui l'obfcurciffoient.

JULIETTE.

Vous le croyez... Hélas !

Madame CAPULET.

Vous ferez heureufe, ma fille.

JULIETTE.

C'eft ce qu'on a déjà ofé me promettre ; mais...

Madame CAPULET.

Le ciel récompenfe les enfans qui font la joie de leur pere.

JULIETTE.

Je ne dois pas me parer d'une vertu forcée... Je ne ferois pas fi foumife, s'il m'étoit permis d'agir autrement.

Madame C A P U L E T.

Tout vous fera compté, ma fille.

J U L I E T T E.

Que d'indulgence & de bonté, ô ma tendre mere ! Hélas, j'en fuis indigne !

Madame C A P U L E T.

Je n'ai plus qu'à vous féliciter, que dis-je ! qu'à vous remercier d'avoir fait rentrer le calme dans l'ame de vos parens.

J U L I E T T E.

Ah, ma mere ! Et fi ma foumiſſion étoit involontaire, infidelle ? . . .

Madame C A P U L E T.

Ne dites pas cela, ma fille ; vous m'affligez... Mais non, vous ne me cauferez plus de peine déformais.

J U L I E T T E.

C'eſt bien le contraire que je crains. . . Mon cœur eſt frappé, ma tête eſt égarée...

Madame C A P U L E T.

Votre imagination eſt un peu exaltée, il eſt vrai ; mais votre cœur eſt bon, tendre, fincere. Je le connois.

### JULIETTE.

O ma tendre mere, supprimez, supprimez ces éloges!

### Madame CAPULET.

Si j'eusse été la maîtresse, je ne vous aurois pas imposé un joug qui semble vous peser & vous déplaire.

### JULIETTE.

Ah, que le ciel vous bénisse, mere incomparable!.. Quoi, vous auriez!.. Il n'est plus tems... Vous percez mon cœur attendri... Ne vous affligez pas, quelque chose qu'il arrive... Je vous en conjure, quelque chose qu'il arrive, ne vous livrez pas au désespoir.

### Madame CAPULET.

Que voulez-vous dire, Juliette?

JULIETTE, *se jetant au col de sa mere.*

Souffrez que je vous embrasse, ma bonne mere. Un baiser... de grace, encore un baiser.

Madame CAPULET, *pleurant de joie.*

O mon enfant, enfant toujours plus chere, t'ai-je jamais épargné mes caresses maternelles?

### JULIETTE.

N'en foyez point avare en ce moment : de long-tems peut-être je n'aurai le bonheur de vous embraffer.

### Madame CAPULET.

Eh, pourquoi, ma fille ? Toujours ma tendreffe pour vous fera la même.

### JULIETTE, *errant fur la fcene.*

Je verrai donc la tombe ! .. Oui, & fans frayeur... Me reconnoîtra-t-il fous le voile funéraire ? ... Au réveil, dans cette impo-fante folitude, quelle forme lui offrirai-je ? .. O ma mere ! quelle récompenfe pour tant de bonté ! ... Mere infortunée ! ..

### Madame CAPULET.

Ses efprits égarés. . . . ( *La foutenant.* ) Qu'avez-vous, Juliette ?

### JULIETTE, *la main fur le cœur.*

J'ai là un trait profond...

### Madame CAPULET.

Ma fille, vous êtes dans une fituation qui m'alarme.

G iij

### JULIETTE.

Je me sens abattue.

#### Madame CAPULET.

Comment ?

### JULIETTE.

Tout fuit autour de moi, tout s'évanouit.

#### Madame CAPULET.

Quelle pâleur !.. Mettez-vous ici. ( *La pla-çant sur un sopha.* )

### JULIETTE.

Oui... J'y serai mieux... Adieu, bonne mere... adieu.

#### Madame CAPULET.

Comment adieu ?.. Ciel !.. Ma fille !

### JULIETTE.

C'est le moment... Il vient... Je le sens...
Mon sang se glace, mes yeux s'obscurcis-sent... Je combats vainement.

#### Madame CAPULET.

Ma fille !..

### JULIETTE.

Bénissez-moi, ma mere... Bénissez-moi,
pardonnez-moi.

Madame C A P U L E T.

. Juliette ! chere Juliette ! ,

### J U L I E T T E.

Dieu veuille vous bénir , ma mere , & me
pardonner !

Madame C A P U L E T.

Mon enfant ! .. Sa main froide... Son œil
qui fe ferme... Au fecours , au fecours !

J U L I E T T E , *d'une voix éteinte.*

. On l'a voulu... J'obéis... Je meurs.

Madame C A P U L E T.

Juliette , éveillez-vous... Puiffances célef-
tes , ayez pitié de moi ! Laure , au fecours ,
Laure ! ..

## S C E N E  III.

Madame C A P U L E T, LAURE.

### L A U R E.

D'où partent ces cris perçans ? (*Appercevant
Juliette étendue fur le fopha.*) Que vois-je !..
Juliette...

G iv

Madame C A P U L E T.

Eſt-ce la mort ?.. Ma fille ! Dieu, rendez-moi ma fille !

L A U R E.

Elle ne reſpire plus... Quel affreux ſoupçon !... Je me rappelle ce qu'elle m'a dit...

Madame C A P U L E T, *vivement.*

Qu'a-t-elle dit, Laure ?

L A U R E.

Que je verrois bientôt ſon corps privé de vie... que la cloche funebre ſonneroit pour elle...

Madame C A P U L E T.

Pere inhumain ! déteſtable comte ! venez, voyez les ſuites terribles de votre incroyable dureté. Elle eſt donc morte par vous... Quoi, ma fille ſeroit morte ! Non, elle ne mourra point. Non, je ne veux pas qu'elle meure. ( *Se précipitant ſur le corps de ſa fille.* ) Je l'embraſſerai, je la réchaufferai, je l'arracherai à la mort, ou j'expirerai avec elle...

# SCENE IV.

## CAPULET, Madame CAPULET, LAURE.

### CAPULET.

Qu'ENTENDS-JE ?.. Quelles clameurs ?.. Eft - ce encore un nouvel artifice imaginé pour rompre mes deffeins ?.. J'ai fa parole... Ciel, quel fpectacle !

Madame CAPULET, *pleurant.*

Votre fille, feigneur, étoit réfignée ; mais fans doute l'effort furnaturel qu'elle a fait fur elle-même, la révolution fubite de tous fes fens... Contraignez maintenant la mort à vous la rendre.

CAPULET. ( *Il lui prend un bras qui retombe.* )

Dieu !.. Quel frémiffement court dans mes veines !.. Se pourroit - il ?.. Courez, Laure. Je quitte Benvoglio ; il n'eft pas loin ;

qu'on l'appelle, qu'il vienne. . . O malheur !
Tout feroit-il fini ?.. Je n'y furvivrois pas.
( *Laure fort.* )

Madame C A P U L E T.

Les hommes te rappelleront-ils à la vie,
ô ma chere Juliette ?..

C A P U L E T , *auprès de fa fille.*

Qu'ai-je fait, hélas!.. Juliette, réveille-toi.
Je ne voulois que ton bonheur. Elle ne m'entend point. . . Barbare que je fuis , lui aurois-
je donné la mort!.. Fatale ambition qui me
coûteroit ma fille, tu m'aurois vendu bien
cher tes trompeufes promeffes!

## SCENE V.

CAPULET, Madame CAPULET, BEN-
VOGLIO, LAURE, PLUSIEURS
DOMESTIQUES.

### CAPULET.

Venez, venez, Benvoglio, voyez... Se-
courez-moi ; je suis le plus malheureux des
pares.

### BENVOGLIO.

Ciel !.. ( *Il lui tâte le pouls.* ).

### CAPULET.

Eh bien, dites - moi qu'elle respire encore ; donnez-moi quelque espérance, j'en ai
besoin... Tremblez de me porter le dernier
coup.

### BENVOGLIO.

Son pouls, lorsque je l'ai quittée, étoit
déjà d'une foiblesse extraordinaire...

### CAPULET.

Et pourquoi ne me l'avoir pas dit ? J'aurois
été plus indulgent.

### BENVOGLIO.

Vos reproches font l'effet de votre douleur; n'avez - vous pas traité mes remon-
trances de prétextes & de chimeres ?

### CAPULET.

Ah , malheureux !

### BENVOGLIO.

Souvenez-vous de ces paroles que je vous
ai dites conformément à mon devoir : ména-
gez , feigneur , la délicateffe de fon organifa-
tion. Dans les ames fenfibles , le trait de la
douleur defcend profondément ; tout s'y
imprime, & une fecouffe inattendue pourrroit
éteindre à la fois & le fentiment & la vie.

### CAPULET.

Ah ! je n'ai pas entendu , je n'ai pas com-
pris ce que vous me difiez alors : il falloit me
menacer de la perdre.

### BENVOGLIO.

Si je vous euffe prédit formellement ce
qui vient d'arriver, m'auriez-vous cru ? Soyez
vrai. . .

### CAPULET.

Mon malheur feroit - il au comble ? . . ;
O Benvoglio ! aurois-je des larmes éternelles
à répandre ?

### BENVOGLIO.

Seigneur, je vous plains ; c'eſt tout ce que
je puis vous dire.

### CAPULET.

Quoi, l'art eſt impuiſſant ? Et quelle eſt
donc votre ſcience ?

### BENVOGLIO.

Mon art ne paſſe point les bornes de la
nature ; les principes de vie n'exiſtent plus.

### CAPULET.

Arrêtez... Trompez - moi... Elle feroit
morte ? Quel triomphe pour les Montaigus !
Comme ils vont inſulter à mes douleurs ! Il
reſte un fils à mon ennemi, un héritier de
ſon nom, & moi je n'aurai perſonne pour
ſuccéder à mon invincible haine !

### BENVOGLIO.

Eh, ſeigneur ! cet objet déplorable ne

devroit - il pas vous interdire les paſſions violentes ?

CAPULET.

Rendez-moi ma fille, Benvoglio ; voilà ce que je vous demande. Encore une fois, qu'eſt-ce donc que votre art, s'il ne peut rappeller ma fille d'une défaillance ?

BENVOGLIO.

Plût au ciel !.. Le coup fatal eſt porté.

CAPULET.

Le coup fatal ?.. Eh, comment ?

BENVOGLIO.

Épouvantée de vos ordres abſolus, un ſaiſiſſement violent & ſubit aura reſſerré ſon cœur, arrêté dans ſes veines le cours du ſang. Il n'en faut pas davantage, le fil délié s'eſt rompu, & la nature alors ſe joue de nos vaines ſpéculations.

Madame CAPULET.

Elle a obéi, vous l'aviez exigé... J'ai vu ſes combats, il lui en a coûté la vie... Voyez le courage de votre fille, comparez-le à votre orgueil : elle a ſu mourir pour ne

point enfreindre le devoir. . . Infortunée ! . . .
Et cependant elle s'étoit bornée à demander
un délai. . .

### CAPULET.

Détournez vos regards de moi, madame ;
je fuis affez puni.

### Madame CAPULET.

Hélas ! en la forçant à fuivre vos volontés,
j'ai moi-même contribué à fa mort. Malheureufe que je fuis, pourquoi vous ai-je cru ! . .

### CAPULET.

Dites-moi, Benvoglio, n'auroit-elle point
attenté par défefpoir à fes jours ? Le poifon. . .

### BENVOGLIO.

Non, feigneur. Voyez fon vifage ; un
fourire doux comme celui de la vie femble
l'animer encore.

### CAPULET.

Elle n'eft donc plus ! Image défefpérante,
qui va faire le tourment continuel de mes
derniers jours ! . . Que le trépas ne m'a-t-il
plutôt frappé ! Mes yeux ne s'arrêteroient plus
fur ces objets qui commencent mon fupplice,

sur ce jour déjà plus sombre, plus horrible
que celui de l'enfer.

Madame C A P U L E T.

Pleurez, barbare, pleurez sur vous... Ah!
vous ne savez pas ce que vous avez perdu:
l'ame la plus noble, la plus tendre, faite
pour commander le respect & l'admiration,
pour honorer votre maison. ..O ma Juliette!
tu es plus heureuse que nous; tu te réveille-
ras pour l'éternité, & c'est là l'unique conso-
lation de ta désolée mere. Oui, son ame étoit
un souffle pur, émané du sein même de la
divinité; il a dû remonter à sa céleste origine.

B E N V O G L I O, *voulant emmener Capulet.*

Soumettons-nous, seigneur, aux décrets
du ciel. Votre fille, destinée au séjour des
bienheureux...

C A P U L E T.

Portez ces consolations à sa mere.

B E N V O G L I O, *allant à madame Capulet.*

Et vous, madame, souffrirez-vous les conseils de l'amitié ? Quittez cet objet qui ne peut
maintenant qu'aigrir vos douleurs.

Madame

Madame C A P U L E T.

Quoi, me féparer de ma Juliette, moi !

B E N V O G L I O.

Eh ! que vous ordonne en ce moment cet ange de paix ? De vivre, de vous réfigner au coup de la Providence, de ne point vous livrer à l'inutile défefpoir, & de procurer à fes cendres le repos, dernier hommage qu'elles attendent.

Madame C A P U L E T.

Oui, ce repos qui lui a été refufé pendant fa vie... Elle a dû defirer de quitter ce féjour de perféctions & de haine. Qu'avoit-elle à regretter ici-bas ? Elle fera plus paifible parmi les tombeaux de fes ancêtres qu'elle ne le fut dans ce palais où elle eft morte victime de l'ambition & de l'orgueil.

C A P U L E T.

Terribles vérités qui frappez mon oreille ; j'ai mérité de vous entendre !.. Oh! je ne faurois commander à mon défefpoir... Que du moins fes obfeques foient magnifiques. Ben-voglio, je vous charge de tout ce trifte appa-

H

reil. Je tromperai, s'il eſt poſſible, ma douleur,
en faiſant revivre ſous le ciſeau les traits de
cette enfant chérie. Je veux que ce ſoit un
monument immortel de mes regrets, & que le
marbre animé éterniſant la beauté de ſon corps,
faſſe verſer des larmes à tous ceux qui vien-
dront après moi. En apprenant de combien
de vertus ſon ame fut ornée, ils gémiront
encore de ma douleur; ils ſentiront toute
l'étendue de ma perte. Qu'on la dépoſe aujourd'hui ſous ces voûtes ſacrées où repoſent
ſes ancêtres & où je ne tarderai point, hélas!
à la rejoindre... Les Montaigus ſeront heureux de ce revers qui m'accable; mais que
m'importent les jouiſſances de mes ennemis,
quand le terrible remords, plus implacable
qu'eux, s'éleve du fond de mon cœur?...
( *Allant vers ſa fille.* ) Ma Juliette, ange de
paix, adieu. ( *Il lui baiſe la main, il fait ſigne
à pluſieurs domeſtiques d'emmener madame
Capulet.* ) Venez, madame. éloignons-nous.

Madame CAPULET.

Faut-il donc m'arracher d'auprès d'elle!

Non, non... Ah, du féjour de la gloire, ma fille, ma chere fille prie Dieu de m'ôter de ce monde!..( *Aux domefiiques.* ) Arrêtez , barbares, arrêtez... Un moment encore! ( *Elle fe penche fur le corps de Juliette.* ) Ta mere te donne le dernier baifer... Adieu, adieu pour toujours. ( *On l'emmene.* ) O douleur ! ô défefpoir ! ô mort, viens à moi!

## SCENE VI.

### BENVOGLIO, *feul.*

VIVANTE, il perfécutoit, il facrifioit fa fille; morte, il la regrette, il l'adore... Telle eft la bizarrerie inexplicable du cœur de l'homme quand il s'abandonne aux paffions. La tyrannie, fous le nom d'autorité paternelle, pefe fur ce fexe aimable; & la jeuneffe, la beauté, l'innocence, la candeur, foumifes à cet amas de loix arbitraires, ne s'y dérobent que par le trépas. Juliette qui dans ce moment fait couler des larmes fi ameres, qui caufe tant de

regrets, n'a pu échapper au malheur qu'en
paſſant ſous le voile funebre de la mort...
Ah, ſi je pouvois au moins conſoler cette
malheureuſe mere! Si je pouvois lui révéler,
ſans me trahir!.. Mais, ici-bas, le cœur
innocent ſouffre pour le coupable.

## SCENE VII.
### BENVOGLIO, LAURE.

#### BENVOGLIO.

APPROCHEZ, Laure. Je ſais que vous
aimiez tendrement Juliette.

#### LAURE, *pleurant.*

Dieu ſait combien je l'aimois, & avec quelle
ſincérité je la pleure. Hélas! elle me parloit
de ſa mort; mais que j'étois loin de penſer...

#### BENVOGLIO.

La mort frappe à tout âge : il faut s'y
attendre; les gémiſſemens ſont ſuperflus. On
m'a chargé du ſoin de ſes funérailles; vous
m'aiderez à remplir ces triſtes & derniers
devoirs.

### LAURE.

Hélas ! le pourrai-je ?

### BENVOGLIO.

Il le faut. Que son corps soit paré de vê-
temens blancs, symboles de son innocence ;
que l'on pose sur son front une couronne des
plus belles fleurs ; qu'elle soit couchée molle-
ment, la tête un peu élevée, sur l'étoffe la
plus lisse. Tels sont mes ordres, que vous
exécuterez.

### LAURE, *considérant Juliette.*

Seigneur, voyez : le trépas ne l'a point dé-
figurée. Ne diroit - on pas qu'elle respire
encore ?

### BENVOGLIO.

Il est vrai.

### LAURE.

Je ne puis me persuader qu'elle soit morte.
Un sang vermeil colore encore ses joues :
quelle est donc la cause de sa mort ?

### BENVOGLIO.

Une suffocation subite. Heureusement
qu'elle est morte ayant peu de choses à

H iij

regretter dans cette vie, & qu'elle ne fera pleurée que par l'amitié.

### LAURE.

Que par l'amitié!.. Ah, feigneur! ne feignez pas avec moi; je fuis inftruite des mouvemens de fon ame.

### BENVOGLIO.

Quoi, Laure?

### LAURE.

J'ai été témoin, la nuit derniere, de leur douloureufe féparation. Hélas! fi vous ouvrez fon corps, vous trouverez fur fon cœur l'empreinte profonde d'un nom qui lui fut cher.

### BENVOGLIO.

Ne prononcez jamais ce nom, Laure. Gardez ce redoutable fecret.

### LAURE.

Il me fuivra au tombeau.

### BENVOGLIO.

Jamais le fer dans mes mains tremblantes ne profanera ce corps que la mort elle-même fera forcée de refpecter.

### LAURE.

La mort ne diſſout-elle pas également &
le cœur qui aima & celui qui n'a point aimé?..O ma chere maîtreſſe, ma douce com-
pagne! Elle n'exiſte plus, ni pour moi, ni
pour celui...

### BENVOGLIO.

Ne t'afflige pas tant. Quelquefois le ciel
fait des miracles.

### LAURE.

Des miracles! Ah! c'eſt elle qui doit en
faire du haut des cieux qu'elle habite maintenant.... Près d'elle je n'éprouve aucune
terreur.

### BENVOGLIO.

Le tems preſſe, Laure, remplis un funeſte
devoir.

### LAURE.

Quel triſte emploi! & je ne puis m'y refuſer!.. Oui, j'en aurai le courage. Ce ſera
donc moi qui lui donnerai le dernier bai-
ſer! ( *L'embraſſant.* ) Chere Juliette, adieu,
adieu.     ( *La toile ſe baiſſe.* )

H iv

# ACTE V.

*Le théatre repréſente des tombeaux, des inſ-
criptions, des ſtatues : une lampe eſt ſuſ-
pendue à la voûte. On apperçoit une partie du temple ; dans l'enfoncement eſt un
autel. Le cercueil de Juliette eſt derriere
une eſpece de ſarcophage ; elle a le viſage
à demi couvert.*

*On voit un homme qui paſſe, examine Ro-
méo, & ſort après avoir obſervé ſes mouvemens.*

## SCENE PREMIERE.

ROMÉO, *ſeul, une lettre à la main,
ſe promenant à pas lents.*

Tout eſt tranquille ici... Quel morne &
long ſilence !... C'eſt l'image de la nuit
éternelle... Quel effroi religieux me ſaiſit !...

Ces murs, ces tombeaux, ces feux qui pâ-
lissent... Recueille-toi, mon ame ; apprends
à connoître le néant de ce monde...Tom-
beaux, que vous êtes éloquens ! Cendres au-
trefois animées, quoi, l'homme qui vous
contemple ose avoir de l'orgueil !...Il n'est
que poussiere, & il poursuit la vengeance...
Heureux encore qui n'a su qu'aimer !...O
mort, gouffre effrayant !..Le foible, le puis-
fant, l'enfant, le vieillard, tout tombe également dans ton abyme...L'amitié, l'amour,
tout s'y confond & s'y efface...L'amour !
est - il possible !..Quoi, la mort éteint aussi
l'amour ? Non, ce feu facré nous survit, il
fait partie de notre ame. ( *Un silence.* ) Je
revois les autels où Juliette m'a donné sa
main, où mon cœur a treffailli du plus doux
fentiment qui puisse appartenir au cœur de
l'homme. Epouse chérie, tu vas t'offrir à mes
regards, dans cette nuit demi-fombre, telle
que je te vis à la même heure & dans la
même enceinte, lorsqu'à la clarté tremblante
des flambeaux, je te pris pour la divinité du

temple... Pardonne, ô Dieu! Juliette en-
vironnée de ſes graces pudiques, le front
chaſte & baiſſé, le regard timide & aimant,
me parut ton chef-d'œuvre & ton image...
La haine qui veille, ne put deviner l'aſyle
qu'avoit choiſi l'amour... J'y reviens une
ſeconde fois : ſerai - je auſſi fortuné ? J'ai
anticipé ſur les momens qui, pour mon ardente impatience, ne s'échappoient qu'avec
lenteur... Reliſons le billet de Benvoglio...
Quel zele pour deux infortunés!.. Ami fidele
& rare, non, tu n'as pu avoir cette conf-
tance que pour deux cœurs brûlant du feu
ſacré de l'amour ! ( *Il lit.* )

« Revenez ſur vos pas; rendez - vous à
» minuit dans les tombeaux des Capulets.
» Ils feront ouverts, Juliette y ſera; atten-
» dez-moi. Je ne vous en dis pas davantage.

» BENVOGLIO. »

L'airain frémiſſant a ſonné la douzieme
heure, & je n'entends rien encore... Avan-
çons... Mes pas chancelans heurtent contre
ces tombeaux. ( *Il s'arrête devant un tom-*

_beau._) Le voici cet Octave Capulet qui do-
mine encore orgueilleufement les marbres de
fa fépulture... C'eft l'auteur de tous les forfaits qui ont fuivi le fien... Pour un vain
point d'honneur il donna le fignal de tant de
meurtres !... Combien la vengeance trompe
les cœurs qui s'y abandonnent ! Manes des
Capulets, qui me voyez errer ici, pardonnez mon audace; je ne viens point en ces
lieux pour vous braver. Une de vos filles,
rare tréfor des cieux, femble être defcendue
fur la terre pour étouffer enfin l'inimitié de
nos familles, & réparer deux fiecles de difcordes. Ce n'eft pas mon cœur qui rejette la
paix, vous le favez; vous fûtes ici témoins
de nos fermens; & quand ma main a touché la fienne, vous n'avez pas foulevé ces
marbres qui vous couvrent... ( _S'arrêtant_
_devant un tombeau._) Que vois-je ? De Théobald n'eft-ce point ici la tombe ? Ombre fan-
glante, pour qui la vengeance avoit des char-
mes, pourquoi l'inimitié a-t-elle empoifonné
ton cœur ? Je voulois t'aimer comme un

frere.... Ta violence a caufé ta perte.
Je t'ai fauvé deux fois de ton aveugle fureur, deux fois je t'ai rendu ton épée...
Eloignons-nous... O Juliette ! que d'inftans
ravis à ma félicité ! Viens ; que j'efface de ton
ame , & les vaines terreurs , & les fouvenirs
amers , & tout ce qui n'eft pas amour. ( *Tour-*
*nant autour du farcophage.* ) Mais quel eft
ce cercueil nouvellement placé ?.. Mes regards, malgré moi, s'y attachent... Qui dono
depuis peu a payé à la nature le tribut inévitable ? Seroit-ce un enfant ? un veillard ?..
C'eft un amant peut-être... Aimer & mourir !... O mort, fufpends ta faux rigoureufe !..
Laiffe quelques inftans de plus fur la terre.
les êtres qui aiment... ( *Tirant le voile.* ) Que
vois-je ! Dieu ! Juliette ! ... O tonnerres du
ciel, tombez ! Terre , engloutis-moi !.. Cruel
Benvoglio, eft - ce ainfi que tu me rends
mon époufe ? ... Mais quoi, elle femble me
fourire ! On diroit qu'elle fommeille. Le trépas n'a point défiguré fes traits... Juliette ,
éveille - toi ; éveille - toi, Juliette.... C'eft

Roméo qui t'appelle...( *Il prend fa main.* )
Sa main eft fouple... Elle ne m'entend plus !..
Juliette, objet du plus malheureux amour,
tout ce que ton cœur renfermoit de vertus
& de tendreffe ; feroit donc anéanti ! Déplorable victime des fureurs d'un pere à qui
notre amour aura été révélé, tu as voulu
me conferver la foi promife. Je te connois,
tu auras préféré la mort à un hymen odieux ;
& Benvoglio, dans l'excès de fa douleur,
n'aura ofé ni me voir, ni m'apprendre mon
épouvantable malheur.... Il fait que, vivante ou morte, le féjour que tu habi-
tes doit être le mien : il m'y a appellé....
Eh bien, j'en chéris la nuit horrible & téné-
breufe ; je m'enferme dans ces tombeaux
avec toi... Pere injufte, implacable ennemi,
affaffin de ta fille, ce matin encore que ne te
l'ai-je ravie !.. Mes preffentimens, fes crain-
tes, mon amour, le titre que je porte, tout
m'en faifoit fans doute un devoir... Ah, ce
remords eft trop affreux, trop profond ! ( *Il
tire fon épée.* ) Que le trépas m'en délivre...

Ame adorable & pure, ame aimante, qui
peut-être dans ce moment erres invisible autour de moi... attends un moment, attends
ton Roméo!.. Je te rejoins; la mort va nous
réunir. Qu'est-ce que la vie sans toi! ( *Il
met l'épée en terre, pour se précipiter dessus.* )

## SCENE II.

### ROMÉO, BENVOGLIO.

BENVOGLIO, *du fond du théâtre.*

ROMÉO! Roméo!.. Dieu! j'arrive à
tems... Arrête.

#### ROMÉO.

Qui vient en ce lieu ?

#### BENVOGLIO.

Arrête... Tu as un ami, & tu connois
le désespoir!

#### ROMÉO.

Tu retiens mon bras... Me crois-tu assez

lâche pour vivre ?.. Regarde... Rends-moi
mon épée, ou ranime Juliette.

### BENVOGLIO.

Elle n'est point morte.

### ROMÉO.

Elle n'est point morte, dis-tu?.. Et
le voile funebre la couvre. Ah, qu'elle ouvre
donc les yeux, ces yeux où j'ai lu le bonheur!

### BENVOGLIO.

Attends, & tu vas presser ici à la fois dans
tes bras ton épouse & ton pere.

### ROMÉO.

Juliette!.. Tu m'abuses, tu veux tromper
mon désespoir.

### BENVOGLIO.

Un instant, Roméo!

### ROMÉO.

Que parles-tu de patience à un infortuné
comme moi !

### BENVOGLIO.

Un instant, te dis-je... (*On entend un grand
bruit.* ) Mais quel tumulte, quel événement
imprévu?... Ciel! c'est Capulet.

### ROMÉO.

L'auteur de fa mort ?.. Je vais la venger.

### BENVOGLIO.

Non, écoute... Viens, fuis ton ami. Nous aurons des défenfeurs. Fuyons, fuyons. ( *Il l'emmene dans la profondeur du temple.* )

## SCENE III.

ACTEURS précédens, CAPULET, *entrant à la tête de fes gens, armés & portant des flambeaux.*

### CAPULET.

J'AI été averti à tems ; j'ai fu que mon ennemi, violant le droit des tombeaux à la faveur des ténebres, étoit defcendu fous ces voûtes fépulcrales, pour enlever le corps de ma fille & en faire un trophée à fa lâche vengeance... Amis, enveloppez, faififfez ces facrileges profanateurs de la cendre des morts;

qu'ils

qu'ils tombent & rougiffent ces murs de leur
fang.

BENVOGLIO, *reparoiffant avec Roméo*
*qu'il tient par la main.*

Arrêtez, barbares ! J'affouvirai feul vos
fureurs.

CAPULET.

O terreur ! ô furprife!... Benvoglio fon
complice !

BENVOGLIO.

Oui, & fon ami; fon crime eft le mien,
ne frappez ici que moi. *( A part.* ) Si Montaigu
tardoit... Non, le voici.

SCENE IV.

ACTEURS précédens, MONTAIGU,
*fuivi de gens armés.*

MONTAIGU.

MES amis, nous fommes maîtres des
portes ; entrons en foule, défendez ma caufe,
défendez mon fils ; tes jours font en dan-

I

ger. La trahison l'attendoit au milieu de ces tombeaux. Je l'ai su... ( *Délivrant son fils.* ) Je t'arrache au trépas.

### R O M É O.

Mon pere, la vie ne m'est plus chere désormais.

### C A P U L E T.

Que venois-tu faire en ces lieux? Insulter à mes désastres.

### M O N T A I G U.

Ta rage invente toujours des crimes que toi seul as conçus & peux commettre.

( *Ils se menacent de leurs épées qui se croisent.* )

B E N V O G L I O , *se mettant entre deux.*

Cruels!.. Percez mon sein... Allez-vous vous égorger au pied de ces tombeaux & faire rejaillir le sang sur les autels? Tremblez : c'est ici la demeure inviolable des morts ; c'est ici que , malgré vos fureurs, le trépas vous réunira un jour, froides & paisibles victimes. N'attendez pas que la tombe vous rassemble, & vous réconcilie. Voyez les

cendres de vos aïeux. Elles dorment , elles
repofent immobiles. Après tant d'inutiles débats , elles font venues ici fe mêler & fe con-
fondre… Qu'ont produit leurs haines mu-
tuelles ? Qu'eſt-il forti de leurs difcordes domeſtiques ? Agités toute leur vie par la fombre
inimitié , ils ont donné au tourment de la
haine ce court efpace de tems qui leur étoit
accordé pour vivre. La mort , dominatrice
abfolue , au fond de ces fépulcres unit tous
les rivaux… Ouvrez ces tombes : que reſte-
t-il de la férocité des paffions ? L'un porte
encore l'empreinte du coup mortel , l'autre
eſt mort dans la rage , le plus heureux dans
les remords , celui-ci a vu tomber fa tête fous
la hache des bourreaux ; & au milieu de tant
de forfaits ; aucun parti n'a fur l'autre le triſte
avantage d'un plus grand nombre d'homici-
des… Déplorables familles ! le ciel prenant
pitié de vous , avoit voulu finir vos antiques
divifions. Je vais tout révéler. Le ciel avoit
fait defcendre l'amour dans le cœur de vos
enfans.

### CAPULET.

Dieu, où suis-je !

### MONTAIGU.

Ciel, est-il possible !

### BENVOGLIO.

Ils furent s'aimer, ils connurent le plaisir de répandre des larmes, ils demandoient au ciel qu'un rayon salutaire vous éclairant d'un jour nouveau, vînt calmer les transports de vos cœurs trop ardens... J'ai protégé leurs amours, parce qu'ils étoient vertueux, que leurs cœurs étoient innocens & chastes. Ils alloient périr séparés, je les ai réunis au pied de ces mêmes autels ; je l'ai dû... Capulet, voilà l'époux de Juliette.

### CAPULET.

Je vois maintenant la cause de sa mort... Je l'ai perdue, hélas ! (*A Montaigu.*) Et toi, ton fils te reste.

MONTAIGU, *montrant son fils appuyé contre une colonne, & absorbé dans la douleur.*

Regarde, homme inexorable ; il n'en est que plus infortuné.

### BENVOGLIO.

Ennemis implacables , confentez aujour-
d'hui à oublier la vengeance ; & le ciel s'ap-
paifant peut-être...

### CAPULET.

Tu veux que j'oublie ici nos haines, &
voilà l'objet déplorable de la rage des Montaigus qui pourfuit mes regards , l'infortuné
Théobald qui a ouvert la pierre du caveau ;
fon corps eft encore frais , & je crois voir ,
à travers ce cercueil, fon fang couler de fes
bleffures.

### BENVOGLIO.

Oh , s'il étoit permis de maudire la cendre
des morts !.. Ce fut lui feul qui éleva cette
querelle fatale , lui feul qui , lorfque j'allois
vous réconcilier , renverfa , détruifit la paix
déjà commencée. Il cheicha l'épée de fon
adverfaire ; deux fois défarmé , il paya de fa
vie fa rage forcenée... Ainfi doivent tomber
les ennemis de la paix. Ainfi la vengeance
n'évitera jamais la vengeance ; ainfi le meurtre
fera toujours fuivi du meurtre... Comptez

ici ceux qui font morts par le glaive. Tous
moiffonnés à la fleur de leur âge, ils atteftent
dans l'immobilité du trépas que les calamités,
les défaftres font la fuite inévitable des paffions furieufes & défordonnées... Juliette
au milieu de ces débats cruels étoit l'ange du
ciel envoyé fur la terre pour y apporter la
concorde. Elle ne refpiroit que pour aimer.
Que de fois elle invoqua l'Arbitre des deftinées
pour qu'il adoucît vos cœurs féroces! Faut-
il que fa voix perce en ce moment le cercueil
où elle repofe, pour vous toucher & vous
attendrir?

JULIETTE, *fe réveillant.*
Roméo!...Roméo!...

ROMÉO.
N'entends-je pas fa voix!.. (*A Benvoglio.*)
O mon pere!.. C'eft elle!..

(*On voit Juliette qui fe fouleve.*)
JULIETTE.
Roméo! où fuis-je?..

CAPULET.
En croirai-je mes fens?

MONTAIGU.

Ciel, est-il possible !

BENVOGLIO.

O vous que rien n'a pu toucher, faut-il qu'elle sorte de son tombeau pour vous désarmer ?.. Eh bien, cruels, la voici qui brise triomphante les barrieres de la mort... La voici...

JULIETTE.

Roméo!.. où êtes-vous ?

ROMÉO, *tombant dans ses bras.*

Juliette!..

CAPULET.

O miracle !

MONTAIGU.

O prodige!..

CAPULET.

Ma fille ! Oserai-je en approcher!..

ROMÉO, *dans les bras de Juliette.*

Tu respires!.. De quel désespoir je passe à la félicité! ... Je ne puis l'exprimer... Je te serre dans mes bras, ô Juliette, & je me tais !

JULIETTE.

Suis-je parmi les vivans, ou les morts? ..
Dieu, qu'apperçois-je ici! .. Mon pere! ..

CAPULET, *s'élançant vers sa fille.*

Ma fille vivante! que je l'embrasse! ..

BENVOGLIO, *l'arrêtant.*

Arrête. Elle n'est plus à toi, elle appartient
au mausolée. Si tu veux la séparer encore de
ce qu'elle aime, replonge-la dans le tombeau,
tu seras plus humain. Si elle vit, c'est que j'ai
eu pitié de son désespoir. Barbare! .tu en fai-
sois ton éternelle victime. Je te l'ai arrachée;
il m'a fallu la couvrir du linceul funebre pour
te la dérober. Ici réunis, ils devoient s'éloi-
gner & vivre pour l'amour. Tu la cédois à la
mort, la disputeras-tu à son époux? Serois-
tu plus cruel que le tombeau qui m'a rendu sa
proie? Tremble: elle a le courage des passions
fortes & généreuses, elle a puisé dans mes
principes le mépris de la vie & la fermeté de
l'ame; elle a pris de mes mains, & sans pâlir,
le breuvage qui devoit l'endormir sous ces
voûtes sépulcrales... Tu sais quel nom étoit

dans fa bouche en fortant de ce fommeil, image du trépas… Le vrai prodige eft celui du courage. Si tu demeures inexorable, elle s'enveloppe du drap mortuaire, & rentre plus heureufe dans la tombe, pour n'en fortir jamais.

### C A P U L E T , *embraffant fa fille.*

Ah, Juliette!… Ah, Benvoglio, laiffez-moi l'embraffer !

### J U L I E T T É.

Mon pere… pardonnez-moi.

### B E N V O G L I O.

Non, cruels, non, vous ne livrerez plus vos cœurs à la haine : Juliette doit vous réunir. L'amour, malgré vous, a rapproché vos mai-fons. Farouches ennemis, ne foyez plus ir-réconciliables. Que les feux de la vengeance, qui depuis trop long-tems brûlent dans vos cœurs, expirent aujourd'hui. ( *A Capulet.* ) J'ai fauvé ta fille…

### C A P U L E T.

Ah, Benvoglio !

BENVOGLIO, *à Montaigu.*

J'ai fauvé ton fils.

MONTAIGU.

Ah, mon ami !...

BENVOGLIO.

Embraffez - vous au pied de ces tombeaux, près de ces autels où leur bouche a juré l'amour... Faut - il abréger encore quelques jours d'exiftence, en les abandonnant aux forfaits & aux remords ?.. Attendriffez - vous fur vos propres malheurs... Cruels, vous pouvez vous pardonner, vous vous êtes fait affez de maux... Vous n'avez que ces enfans... Immolerez-vous leur bonheur comme vous avez immolé le vôtre ?

CAPULET.

Ta voix a pénétré mon ame... Tu captives mes fens ; es-tu le Dieu qui commande à la vengeance ?... C'en eft fait, Montaigu... Je veux embraffer ton fils & la concorde. Donne - moi ta main... Nos enfans font plus juftes, plus fenfibles & plus heu-

reux que nous... Juliette, ma fille, fois à
Roméo. ( *Il embraſſe Roméo.* )

### MONTAIGU.

Roméo, fois à Juliette. ( *A Capulet.* )
J'abjure la haine; le paſſé n'eſt plus... Nos
familles réunies... ( *Il lui tend les bras.* )

### CAPULET.

Oui... L'ennemi que j'embraſſe, devient
mon frere en ces lieux.

### BENVOGLIO.

Je triomphe... O mort, tu peux frapper!
J'ai éteint la haine.

### JULIETTE.

O changement!.. O Roméo! n'eſt - ce
point un fonge?

### ROMÉO.

Non, Juliette; c'eſt toi qui métamorpho-
fes les cœurs.

### CAPULET.

J'ai été dur, infenfible, je l'avoue; mais
mon ame eſt amollie. Pardonnez, grand
Dieu, les excès des Capulets!

MONTAIGU.

Pardonnnez, grand Dieu, les excès des Montaigus !

CAPULET.

Nous fûmes aveugles & malheureux... Il est affreux de haïr...

MONTAIGU.

Il fera doux d'aimer.

BENVOGLIO.

Ombres des Capulets & des Montaigus, qui gémiſſez de vos fureurs paſſées, ſoulevez les marbres de vos tombes, applaudiſſez à cette auguſte réconciliation ! Elle efface vos crimes. Du ſéjour où l'on apperçoit & le néant de l'orgueil & l'atrocité de la vengeance, jouiſſez d'un ſpectacle fait pour vous abſoudre ! Le ſang ne coulera plus ; la haine eſt éteinte, vos enfans s'embraſſent, l'amour va régner. Eh, que de maux, s'il dominoit ſeul, ſon empire univerſel n'épargneroit-il pas à la terre !

www.ingramcontent.com/pod-product-compliance
Lightning Source LLC
Chambersburg PA
CBHW070759280626
47162CB00016B/1546